李 黎

半生书缘

——寻访世纪文学心灵

生活·讀書·新知 三联书店

图书在版编目（CIP）数据

半生书缘：寻访世纪文学心灵／（美）李黎著．—2 版．—北京：
生活·读书·新知三联书店，2019.11
ISBN 978 - 7 - 108 - 06533 - 9

Ⅰ．①半…　Ⅱ．①李…　Ⅲ．①随笔－作品集－美国－现代
Ⅳ．① I712.65

中国版本图书馆 CIP 数据核字（2019）第 041246 号

责任编辑　卫　纯
装帧设计　蔡立国
责任印制　宋　家
出版发行　**生活·讀書·新知** 三联书店
　　　　　（北京市东城区美术馆东街 22 号　100010）
网　　址　www.sdxjpc.com
经　　销　新华书店
印　　刷　北京市松源印刷有限公司
版　　次　2013 年 8 月北京第 1 版
　　　　　2019 年 11 月北京第 2 版
　　　　　2019 年 11 月北京第 2 次印刷
开　　本　880 毫米 × 1230 毫米　1/32　印张 8.25
字　　数　176 千字　图 67 幅
印　　数　07,001 - 13,000 册
定　　价　38.00 元
（印装查询：01064002715；邮购查询：01084010542）

目　录

今古一相接，长歌怀旧游

刘心武

北宋大儒张横渠发出宏愿："为天地立心，为生民立命，为往圣继绝学，为万世开太平。"我等一般读书人，难以承担如此大任，但在"横渠四愿"的鼓舞下，或许也能以绵薄之力，多少做点沾边的事。

比如，"为往圣继绝学"，一般读书人，系统地承继"绝学"，很难。但是，对"绝学"心存尊敬，以点滴之力，融会进将割断的学问重续的时代工程中，还是可以有所作为的。

"往圣"的"学问"之所以会被遮蔽、践踏、湮灭，其中最主要的，当属政治因素。在宏大的"往圣绝学"中，我们现在只取小小一瓢，即中国现代文学，来观察一下。由于1949年形成的新格局，在海峡那边岛上，20世纪前半叶的现代左翼作家的作品，一度被遮蔽、禁制，不仅鲁迅的文章读者读不到，举凡茅盾、巴金、丁玲、艾青、沈从文……的作品，也成禁书。海峡这一边呢，改革开放之前，跑到岛上或异域的作家作品，也不大容易看到，有的如胡适，对于一般年轻读者来说，只知他是个反动派，被猛烈批判，他的文字，只在大批判文章中被零星引用以为靶环，想看到他作品的完整面目，极难。再如梁实秋，他的大名是让人知道的，但被"钉在历史耻辱柱上"，"丧家的资本家的乏走狗"是撕不下的标签，至于他写有《雅舍小品》，则不仅看不到，甚至连信息也不给。1949 年以后留在大陆的作家，沈从文不仅不再写小说，连作家的身份也被褫夺，只好去故纸堆里讨生活，研究古代服饰；丁玲、艾青、吴祖光等陆续被打成"反党分子""右派分子"；巴金、曹禺头十七年还算太平，到了"文革"，也被打倒；钱锺书因为懂多门外语，总算用他一技之长，去参与翻译领袖诗词，但他在 1949 年以前曾出版过的长篇小说《围城》，在进入改革开放阶段才获重印，那之前的三十来年里，连我这样的"文学青年"，也并不知晓……

上面所提到的诸位现代作家，单个来说，或许有的难称"文圣"，但合起来，应是一个时代的神圣文脉，怎能将其从读者视野中"扫地出门"？

于是出现了一些力图冲破禁制，将切断的文脉接续上的较为年轻的读书人、写作者。李黎即其中一位。她 1948 年出生不久即被舅舅舅妈带往台湾，在那里长大成人，经历过台湾"戡乱"的威权政治所实施的白色恐怖，其中包括禁读鲁迅及留在大陆的诸作家的书，但年轻的心，首先是好奇，读书本无禁区，奈何钳制至此？没有不透风的墙，你禁的人名书名，总会灌进耳朵里一些，你越不让看，我越想看！在好奇心的驱使下，就要寻觅，偶得"禁书"，兴奋不已。但那时的台湾实在令人窒息，直到她留学美国，忽然在图书馆里看到书架上大片20世纪三四十年代的作家作品，惊喜之后，便连篇阅读，阅读之后，就想，有的作者还活在大陆，那么，能否有一天，去往那片祖籍之地，跟他们结识，当面聆教呢？

1979年，李黎来到进入改革开放新时期的中国大陆。邀请她的，是后来出任北京三联书店总经理的范用。范用当时起到的作用，就是把被政治震荡切断的文脉，尽力接续起来。当然致力于这项工作的机构和人士还有若干，但北京三联书店和范用，应该说是得风气之先，起步最早，着力最多。那时候大陆知道李黎的人不多，范用真是慧眼识珠，请到这位中国台湾长大、美国定居的不过三十出头的年轻女子，在北京做报告！范用好比巧妇，李黎仿佛金针，那场演讲，将中国现当代文学的断线，在新时期中得以接续，穿过时代的针鼻儿，将海峡两岸、大洋两头，原来破裂的文学衣衫，精心缝补起来，华衫再现，霓裳羽衣……我这样形容，当下的年轻人或会觉得夸张，那是不知那段历史时期所穿越过的隧道，曾是多么阴暗。

凭借范用的举荐，李黎见到了茅盾，她的第一本个人小说集，由中国青年出版社出版，茅盾先生为其题写了书名；后来又有中国作家协会孔罗荪等开明人士的帮助，她在那年和以后几年里，相继见到了丁玲、艾青、沈从文、黄永玉、王世襄、钱锺书和杨绛、吴祖光与新凤霞、丁聪和沈峻、杨宪益和戴乃迭、黄苗子和郁风、冯亦代和黄宗英、黄宗江和阮若珊……当然，她"不薄旧人爱新人"，也很快就结识了刘宾雁、白桦、李子云、张洁等相对前面所开列的先贤辈分较小的作家，她自己称，其中年龄相对最小的一个，是我。所谓"最小"，是与前面诸位相比，其实我比李黎大六岁，她称我为兄，我是不必谦让的。

说来有趣，于李黎，我是未见其人，先遇其夫。1978年，也是范用先生牵线，给我来电话，说有位台湾去美国定居的薛人望先生，虽是研究细胞学的学者，却又是位文人，读了我1977年11月刊发在《人民文学》杂志上的《班主任》，想对我做次采访，建议我解除顾虑，接受采访，畅所欲言。我接受薛人望采访后，他将那篇幅很长的采访录署名张华，拿到香港一家杂志社刊发了。那次采访中，他就告诉我，不仅他觉得《班主任》是个重要的文本，他那写小说的妻子李黎，也同样赞赏。1979年，李黎只身来到北京，我不仅在集体活动中与她见了面，更邀她到家里做客，从那以后，我们成为极好的朋友。1987年我第一次访美，就在他们圣迭戈家中小住，1998年我和妻子吕晓歌同游美国，又到他们斯坦福大学里的居所住了很多天。

《班主任》不是好小说，但敝帚自珍，它确实是个重要的文本。写它的心思，是觉得"文革"把四个方面的文脉几乎全给切断了：外国文学、中国古典文学、中国1949年以前的现代文学、1949年到1966年上半年的当代文学，每个范畴里或许留下零星的作家作品尚允许存在，其余基本上一笔抹杀，这样的文化政策，使得年轻的一代陷于愚昧，因此重呐鲁迅喊过的那一声："救救孩子！"这个文本里的那种急于将四个方面被割断的文学重新续接上的内涵，不消说，正与李黎当时内心里那种"冲破桎梏读禁书"的情愫息息相通。这应该是我们一见如故的缘由吧。

李黎当年见过现代文学史上占有地位的作家后，来到我跟前，总愿跟我细说端详，有的内容，似不见于她后来的文章。比如她初见艾青，他们言谈甚欢，当中艾老忽然说失陪，去了另一间屋，关上门，移时许久才返回；那时艾老刚落实政策返回北京，暂住在简陋的平房里，李黎推敲，因为没有卫生间，艾老应该是到隔壁屋使用罐罐去了，她很为这样的国宝级诗人不能有好的生活条件而喟叹；她又跟我议论，艾老一侧额头上有个大包，按说很不雅观，但是想到那包里应该有许多的诗思，也就觉得不难看了……

1987 年，蒋经国宣布结束"戡乱"，开放党禁、报禁，那以后台湾的出版阅读禁区基本上不复存在。大陆也有很多良性的变化。但是李黎所结识的老一辈文学艺术家，许多都仙去了。2012年，她又来北京，我们见面时不免扳指逐一清点，硕果仅存者虽有，却陡生夕阳箫鼓之叹。

虽如此，"继绝学"之事，也还可以从小处做起。李黎将她多年来这方面的文字，编为《半生书缘》，是对前辈文圣们的致敬，也是对后来的读书人、写作者承继文脉的一种提示。

李白当年写出的诗何等的好，但他不认为自己的诗才是凭空而来的，除了对现实的敏感与想象力的飞扬，对往圣的尊崇、对传统的继承，是他时时难以释怀的，他有多首缅怀早他二百多年的谢脁的诗，其中《谢公亭》是这样写的：

谢亭离别处，风景每生愁。
客散青天月，山空碧水流。

池花春映日，窗竹夜鸣秋。

今古一相接，长歌怀旧游。

我以为，李黎的这本散文集，多少有些李白此诗的韵味，不信你看。

2013 年 1 月 19 日　时逢阴历腊八喝粥后　北京绿叶居中

长河侧影

——《半生书缘》自序

写出了童年和家族的回忆录《昨日之河》，接下来整理多年来记录因文字而结缘的两岸人物的新旧文章，发现结成之书也可以视为一本回忆录——我写的是那些位文学人物，记下的其实是我从少年到中年的文学人生之旅，途中记忆的点点滴滴、简牍篇章；其中有些当时就如获至宝，据实以书，但也有存留箧底未曾示人的。

十二位作家、学者、出版家、评论家，其文其人，都曾在我的文学生命里走过，有的驻足指点，有的仁留长谈。他们的话语文字，容貌举止，在我至少一半的人生里留下的涓涓记忆，随着时间汇成了一条荡荡长河。我在印象犹新的当时就用书写记下，更有幸者尚有图片的记录。在其后的岁月里，当珍贵的记忆再被触及，我还以新的文字补充。所以这本书里既有二三十年前的旧文，也有近年甚至刚写出不久的新文。

十二位里，有十位是大陆的作家学人。以我长在中国台湾、旅居美国多年的背景来说，他们原应是我最不熟悉的人——在台湾成长的五六十年代里，许多中国近现代的作家学者，只要是留在大陆或被贴上"亲共"标签的，他们的名字就成了禁忌，更不用说接触到他们的著作了。甚至即使是台湾的两位，殷海光和陈映真，他们的文字也一度遭到查禁。可是何以这些人会与我结缘半生？说起来竟是一桩憾事造成的机缘。

1970年，我从中国台湾到美国留学，在大学图书馆两层楼之间的一个小房间里发现一书架的中文书，里面竟然有我在台湾看不到的"禁书"！我像补课般急不可待地读着，试图弥补那个错失的文学断层。而那时正值"文革"，这些作家生死未卜，读时更添一份敬惜之心。当时又适逢海外留学生的"保钓运动"；投入这场"海外五四"的结果是被当局视为"左倾"分子，上了黑名单，十五年不得回家。思乡情切之余，我转而去大陆做文化源流的探索，同时也是为自己的身世寻根。

1977年秋天，我第一次踏上中国大陆的土地。那时还得先从美国到中国香港，在罗湖过境进入当时荒凉不毛的深圳，然后北京、上海、大西南走了一遍。那是一次个人的寻根之旅，我见到了骨肉至亲，也写下了情怀感触。后来与文学界联系上了，1979年去北京在作家协会做报告，谈台湾与海外文学，同时结识了几位中青年作家。但我当时最挂心的还是硕果仅存的老作家们。多亏出版界前辈范用先生为我引荐，从那年起，我像跟时间赛跑一样，赶着求见尚在世间的老作家。那时距离"文革"结束还不久，资深的文学人士几乎全是浩劫的幸存者，更有文名早已湮没而自嘲为"出土文物"的。我怀着虔敬又有些许惶恐的心情，访问了好些位原以为再也见不到的前辈。这是之前几年我在那间图书馆的小室中，做梦也不敢奢望的机缘。

就这样，我一位一位地求见，几乎都没有遭到拒绝。有的赶上见到他最后的夕照余晖，如茅盾；有的结为朋友，一同度过悲欣交集的80年代、变化巨大的90年代，甚至还有更久的。

大陆的十位：茅盾、丁玲、巴金、沈从文（附带黄永玉）、艾青、钱锺书、杨绛、范用、李子云，每位至少有一篇或新旧数篇来记述；此外还有许多文中提及但没有专文写出的人物，我也非常珍惜与他们的结识交往，书中选用的照片里他们的影像，是那段遥远岁月的念想。

当然，台湾的陈映真和他的那辈《文学季刊》的朋友，都是我少年时代文学的启蒙者，对他们我始终深深感念。而重访殷海光温州街故居，就会想起也曾住温州街巷子里教授过我的师长学者，那些温煦的记忆伴随我从青年岁月至今。

所以，这本书写的并不止这十二位，其实还有更多。

逐篇写完题记之后，才悚然发现：每一位书中人，在他们各自生活的海峡的两边，都曾遭遇过压抑，甚至牢狱禁锢。是巧合吗？还是我不自觉的选择？是因为他们的年龄，正逢上了那个动荡的年代、那段酷痛的历史？显然，他们是中国历史的映照，一群知识分子的范本。尤其是，但凡有理想、有才华、有风骨的写作者，身处那个时代，无论在海峡的哪一边，都无法逃脱政治的旋涡吧。

为了比对时代背景，我检视书中人物的生年，茅盾是唯——

位19世纪出生的（1896），更多的出生在20世纪初，而成长于"五四"年代。最"年轻"的是陈映真，生于光复前的台湾，1937年，正是卢沟桥事变、艰苦的抗日战争开始那年。也就是说，他们无论生长在中国的哪一处，从1930年到1970年甚至1980年代，作为一个有理想有良知的知识分子，都难免经历了那段历史为他们铺排的命运。

所以，我所见到、记得、写下的，不仅只是对我的文学生命有过深远影响的人物，更是一个文学和文化的历史见证，一个20世纪民族书写的侧影素描。可是到了21世纪，今天的读者，有多少还熟悉这些人的文字，甚至名字呢？然而，只要是一个阅读者，只要还在阅读，纵使从来不曾直接阅读他们，我相信，也无可避免地经由他们滋润和影响过的文字，间接领受了这些文字之中其人和其文的传承。临河就水，虽已望不见河源，也该知道源头来自的方向。

书中的几十张图片多半是旧照，我几乎都能清楚地记得拍摄时的情景与心境。那一刻的时光就停留在快门按下的刹那；也有的在其后三十年间还在延续，陆续有了更新的照片，带出逐渐变化的容颜，见证了时光的流逝——他们的，当然也有我自己的。我何其有幸得以亲眼目睹历史，当时激动心情之下做出的记录，容待日后沉淀定格。今日整理成书，倏忽已过半生。人书俱将老去，唯愿文字长存，记忆之河长流。

2013年春，美国加州斯坦福

［茅盾］

　　茅盾（1896—1981），原名沈德鸿，字雁冰。生于浙江省桐乡县乌镇。中国现代作家及文学评论家，"五四"新文化运动先驱者之一。茅盾于1928年发表首部小说《蚀》三部曲（《幻灭》《动摇》《追求》）。著名的作品有代表作《子夜》、《农村三部曲》（《春蚕》《秋收》《残冬》）、《林家铺子》，此外亦著有《西洋文学通论》。

　　1981年3月27日，茅盾病逝于北京。他以自己的积蓄设立了文学奖（后定名为"茅盾文学奖"），奖励优秀的长篇小说创作。故乡桐乡乌镇的居所——茅盾故居被列为全国重点文物保护单位。

1980 年 12 月，我到北京登门拜见茅盾先生，谈了一个多小时。那天是准备了录音机的，但是大病初愈的先生说话有些中气不足，我决定只是轻松谈天。不过当时年少气盛的我，还是忍不住追问了一些其实不问自明的问题。之前两个月我的小说集《西江月》在北京出版，茅盾为书名题字。原先对于我，他只是一个文学史上的名字；而他在眼疾开刀之后不久，即为一个从未谋面的后进的第一本小说集题字——在大动乱之后不久的年月，他提笔时是怎样一种情怀？我怀着那份心思见他，面对他时既有与文学史蓦然相对的震撼，又有一份难以形容的亲切之感。见面三个月后先生逝世，从此真正走进了文学史。而多年后我到乌镇茅盾故居，却有如经历一次并未预料的重逢。

去冬见茅盾

1980 年。岁暮。

北京城还不太冷，那几天天气也还晴朗。午后微微有些阳光，街头稠密的行人车辆在淡漠的光影里穿梭来去。

车子停在一条看起来很普通的胡同里。我没有心情仔细打量这条胡同，下了车就径直走向面前的大门。门里是个小小的旧式四合院。穿过院子右首的一扇小门，眼前豁然又是一座四合院，比起先前那座显得整洁幽静得多。庭院地上铺着石板块，中间的花棚架和架下的花圃都是荒着的。倒是两边几棵挺立的树木还是常青着，鲜明地衬出廊下土红色的门户和窗棂。

好安静的冬日午后。空荡荡的庭院，没有人声的回廊，紧闭的门窗，旧式的窗玻璃里垂着白色的窗帘。一切都静悄悄的，竟似有几分寂寞。

我走进一间铺地板的大房间。朝门的一大面墙全是书橱，橱里面每一格全横横竖竖摆满了书；橱顶上摆着好些笔筒和花瓶。橱前有一套简单的几椅，左首却是一张极大的书桌。屋里很暖和，空气里浓郁地飘着一股燃熏的香味。

我在书橱前的一张椅子坐下，却侧着身，目不转睛地往那扇通往内室的房门凝视着。

他出现在房门口了。穿着藏青色的中式对襟褂子，灰色长裤，慢慢、慢慢地走出来。中等个子，脸的轮廓瘦瘦的，可是肩膀看起来很宽。

如果不是行动的迟缓，倒实在看不出他是一位八十四岁的老人。他有一张非常光洁的脸，几乎没有什么斑纹。薄薄的、梳得妥妥帖帖的头发，竟然仍是黑的。听说刚动过手术的眼睛也仍是亮亮的，睁得大大地看人。三四十年前的照片里就一直有的唇上的那撮小髭仍在，只是比照片上的稀薄花白些了。髭下薄薄的嘴唇因微笑和喘气而张开着，露出一口洁白的牙齿。

我不能置信地看着他，握着他的手也仍然觉得不真实——总觉得这是不可能的，要时光倒流才有可能赶上见他；也许要一架时间机器才能带我回到他的那个年代，早在我出生之前的时代，当他挥洒着那如椽巨笔，写下那些不朽的作品；他的名字、他作品的名字，与那个时代相互推动着，结合在一起，他本身便是一部历史，一位人物——不，不是他一个人，还有他笔下的千万人，活生生的，在书内书外：老通宝、林老板、吴荪甫、大鼻子、菱姐、赵惠明、小昭……无数的人，创造他而又被他创造出来、赋予血肉生命的人物，这些名字因着他而一起动人地流传，因着他而不朽。

头一回听人提到他的名字是在台湾，那时我还很小。"'矛盾'？多有趣的名字。"我心想。一个有趣的名字，对我不带有任何意义的，他的作品我也读不到的，就这样掠过去了，像另一个时间和空间里的传奇。

长大以后这个名字渐渐听得多了，但还是觉得极其遥远，像一场过去的繁华，我想是再也赶不上了。

然而永恒的作品是不会过去的。十年前一到美国就读到他的作品了，还记得那是一本很旧的《茅盾文集》，1948年上海春明书店出版的。

至今我也不会忘记，深夜里在宿舍的斗室中是怎样激动得不能成眠的心情。那样巨大而深沉的苦难和力量，在一本薄薄的书册中竟似排山倒海般地震撼人。即使是那篇有自传性的、带一丝淡淡哀愁的《列那和吉地》，也使我禁不住一次又一次地流泪。

就这样，他也成了一个带引我走上一条新的心路的人。在我出生之前，他就早已写成了那些作品，经过几十年岁月，几万里空间，他完全不知道的，一个中国游子，在地球的另一面，被他的笔震撼得无以自已……

然而当我面对着他本人时，却不知道该怎样告诉他这一切。我什么也没说。因为会有千千万万的人可以告诉他相似的感受。他会了解的。我竟只能讷讷地向他致谢，谢谢他为我的书名题的字。他微笑着听我念那段在书的后记中向他致意的话。我有更多更多的话，却不知道怎样说了。而他还是那样谦和地微笑着，眼睛睁得大大的，过一阵闭一闭。

他讲话有些困难，说一段就得停下来喘气。他的浙江官话也不容易听懂。好些个别的字句，得要请同去的他的老友范先生为我"翻译"。

我们隔着小茶几并排坐着。我听他谈他自己，他的脸上时时

茅盾

带一点温和飘忽的微笑。他说自己当年走上文学的道路是为了生活，"也是由'卖文'开始的"。

接着就谈他的《子夜》。他说本来是想把当时动荡的中国各个层面都写出来，所以本来也要写部队的；那时汪、冯、阎在京浦路大战，桂系的张发奎也在武汉、长沙一带与蒋军打，而红军在九江出入……要是把这些联系起来写，可以说是动荡中国的一页。本来他1927年是有机会亲身体验的，结果没有去成九江，因而那一段也没写。

他叙述了一大段当时从武汉下九江的事迹，人、时、地倒是清清楚楚，可以想见是他的回忆录的一段。

范先生提到他从40年代就开始提携年轻人和介绍新作品，甚至推荐新作家还未发表的作品。他还是微微笑道："解放后坐办公桌，身体也差，没有时间、精力深入生活，只好介绍别人的作品了。"

我趁势问他 1949 年后创作作品何以显著地减少，他表示后来做了很多推荐新人新作品的工作，现在则在写回忆录。

我请他比较 1949 年前与 1949 年后的青年人的作品。他说："解放前，30 年代，有个别的人写得很深，那也是自己的生活经验，而不是为表现小说而写，就比较好；解放后有些人为写作而去'经验'，就差多了——指定个题目，到什么地方去住一段时候……这样的'生活经验'是不行的。"

我问他：对于近来一个富有争论性的说法"解放后三十年的文学作品不如解放前三十年"，你有什么看法？

他很快地、毫不迟疑地答道："建国以来的三十年是比较差的。在那之前，解放区有几个人的作品还是很不错。有些体裁不同的，如《王贵与李香香》、阮章竞的《漳河水》等等。建国以来是差了。……我们那时是憋了一股气，非写不可；在那样的环境下能写出好的东西……"他感叹地加了一句："加上'文革'十年——"

"那么，'接棒'的人呢？"我问。

他表示最近因为眼睛不好，比较少看书，但他提出茹志鹃的名字。

我追问："您说，怎样才能再产生像你们这样了不起的作家？"

他也许误会了我问的仅仅是写作技巧上的问题，因而答道："现在那些年轻作家的小说，故事干巴巴的。我们写东西，一个是人物描写，一个是环境描写——如自然环境、室内环境，他们应当在人物的性格和动作上去表现，使读者自己去看到，而不是作家出来讲话。"

"你们的作品有悲剧性、有深度，为什么现在很多作品普遍缺少这份深度？"

"原因可以说简单，也可以说复杂。"他说，"我们在30年代的时候——我写《子夜》之前，'创造社''太阳社'讲'革命文学'，说作家要懂辩证唯物主义，但我看他们写的作品实际上也没有用辩证唯物主义。所以我就去研究一下。后来我就晓得了，这辩证唯物主义，好像一双眼睛，看了就看到了，但是要头脑思想发生变化时，才自然看到一切东西合乎事物的辩证法。概括地说，事物是互相矛盾又是互相联系的，而且都是在发展中的。要变成思想方法。……你刚才问我为什么对《子夜》里的人物事情那么熟悉？很简单，当时我在上海，一些亲戚、同乡里有的是银行家，有的是办厂，都有，我跟他们来往，到他们厂去看过，所以我晓得。其实我写《子夜》时，'离开'辩证唯物主义已经两三年了。"

"为什么你们那一辈人，好几位在年轻的时候就有很大的写作成就，像您，像巴金先生，而现在的年轻人却似乎较少有这样的情形了？"

"巴金写得好的作品是有自传性的，但我不是。"他说，"开始走上这条路时，我最初就提倡自然主义。所以后来才写得出这样的小说。外国文学作品我也看得多。我读的托尔斯泰的《战争与和平》是托翁亲自看过的英译本。现在年轻人接触外国古典作品，一般来说不懂外文，译本有些也没有以前的好。从前因为有竞争，几家都可以翻译、出版。现在没有竞争了。"

于是，我们谈到他在引介外国文学作品方面所做的贡献。他说："我在30年代写过一本小小的《汉译世界名著》，里面把凡是有两三种译本的都同时举出。后来又写了《世界名著讲话》，用说故事的方法，谈《伊利亚特》、雨果等等，在当时《中学生》杂志发表过好几篇，提高年轻人对外国古典名著的趣味。"

范先生也说到自己的孩子，念中学时就很爱读茅盾先生的这两本"启蒙"书。现在这两本书已合为一本，名为《世界文学名著杂谈》，刚刚出版不久。

我仍然对他感叹没有能够继续读到他的小说创作是一大遗憾，但也向他表示敬意：以这样的大作家，一直认真地对青年人做文学上的启蒙工作，是难能可贵的。他提到另一本《北欧神话ABC》，说有希腊、北欧和弱小民族的神话文学。"我当时觉得，既要研究欧洲文学，就从最初的希腊史诗、悲剧着手，到中世纪文学——如但丁的《神曲》等—— 一路下来。还有一本《骑士文学ABC》，这些也需要再版。"他说，"年轻人需要知识啊。"

他话说得多了，显得很吃力，不时把头仰靠到椅背上，微微闭上眼喘气。看他这样辛苦，虽然还想跟他多谈谈，却实在不忍心再多留。与他拍了几张照片之后，便向他告辞。

握着他的手道"再见"时，心里真是想着下回还要再来看他，再谈没谈完的话。看着他又睁得大大的微笑的眼睛，我以为这一定是可能的。然而，这就是我第一次，也是最后一次见他了。

告辞后，我在屋外那显得有些荒凉的庭院里停了一下，拍了一张照。送我们出来的他的儿媳小曼女士笑道："现在不好看，等春天来了，院子里花都开了，才好看呢。"

我想象着小庭中繁花似锦的景象，然而他在北方的冬末春初时去了，没有赶上看到了。

出门以后，范先生和我一路上都谈着他的事，谈他俩的交谊。提到茅盾先生送范先生的字，有一幅写在扇面上，是很少见的，可惜"文革"时被抄走了，至今不知下落。我好奇地问起"文革"那几年茅盾先生的情形。

"那时沈老也有七十多岁了，"范先生说，"就他一个人，什么事都得自己做。记得有一回他寄一叠书给我，看得出是他自己包、自己捆的，仔仔细细整整齐齐的……有一段时间，他的儿子儿媳全不在身边了，只有孙子跟他在家里。他最疼那个孙子。每天早上，他早早就醒了，孙儿还没醒，他就坐在床前，默默地看着睡着的孙儿。"

不知怎的，这平淡的叙述，却使我想起《列那和吉地》。似乎并没有太多人注意这篇不是小说的短文，但我偏爱它，因为在那里我看到一颗又是革命者、又是慈父的心。文中有一段话说：

爸爸（指他自己）……看着他的男孩和女孩，觉得他们的童年多少还不免有些寂寞，便深深地感到抱歉。

这段看似平淡的话，竟使我十年前读到时流下眼泪。而今听到范

1980 年茅盾家的院子

先生这段话，我忽然想：当这位老祖父坐在床前，看着父母都不在身边的孙子，会不会想到孙子的更寂寞的童年，因而更感到抱歉？

——或者，因为那不是他的错，因为那是如此巨大的无可奈何，他就只能默默地坐在床前，看着那张必是酷似他当年的儿子的小脸……

在那样的时刻里，他在想些什么呢？

我望着车窗外，冬日的北京街头渐渐降下的暮色，惘然地自问着。他会想些什么呢？

永远也不会有答案了。

1981 年 4 月，茅盾先生逝世三周后

乌镇倒影

是多年前读了木心的文章《塔下读书处》，才知道茅盾是乌镇人。塔是指寿胜塔，那位编选《昭明文选》的梁昭明太子曾在此读书。塔已不在了，茅盾本人当然也早已不在——其实在时也大半生不住在家乡，却以家乡的背景写出《春蚕》《林家铺子》这些名著……

去乌镇没见到特别著名的桥，倒是在河上乘了一趟乌篷船。周作人写他家乡（绍兴）的乌篷船："在我的故乡那里……普通代步都是用船。……普通坐的都是'乌篷船'……"他形容的是中型乌篷船，"篷是半圆形的，用竹片编成，中夹竹箬，上涂黑油。……船尾用橹，大抵两支，船首有竹篙，用以定船。"乌镇小河上供游客雇乘的船是比较小型的，没这许多名堂，但半圆形的黑漆篷顶，称之为"乌篷"想来是差不多的。我向船娘借橹试摇，完全无法掌控，好在船不像车，胡乱碰撞也不怕伤人损物，胡搅一阵之后把橹还给船娘，相视一笑。

乌镇水边的房子与周庄、金泽的不大一样，别处的屋脚石级从后门口延伸进水里，人们在自家临水的石阶上进行种种洗涤家务。这里的屋脚却多见如高脚屋般撑起，有的上面还是个小阳台，花木盆景掩映窗里的家常情景，道出这还是个人们有自己生活的地方。一位戴眼镜的老太太临窗低头读书，小船静静行过似乎并没有打扰到她，我感到心安了些——真不想做个讨人嫌的观光客，平白闯入别人平静的生活圈里。

果然有一家卖手工纪念品的店叫"林家铺子"，明知是借茅盾的小说虚者实之，但读过书看过电影，尽责任的游客还是要进去绕一圈，买两样纪念品，心里才踏实了。我挑了一条蓝印染围裙，双鱼图案，回家下厨时会想着这爿鱼水之乡的江南小店。

但茅盾故居的纪念馆确是实实在在的，很典型的江南水乡宅第，有一份殷实的读书人家的品位与朴素。近六十年前，少年的木心在这里读茅盾的藏书，惊服于茅盾在批点、眉批、注释中下的治学功夫，才发现写小说的茅盾传统文学的修养并不在周氏兄弟（鲁迅、周作人）之下。想到更久以前——那该是上个世纪的早期了——少年茅盾曾在这里接受启蒙教育、下功夫读书、仔细圈点注疏……然而书都不在了，只剩书屋空壳，令我怅然若有所失。

上到二楼，一大间屋的墙上全是茅盾生平照片，我慢慢地浏览着，走近这一片标题是"晚年生活"的照片，忽然……有幅眼熟的什么，再看，真的是自己，没错，坐在茅盾先生旁边。图下小字说明是"1980年会见旅美作家李黎"——二十二年前了！我对照伫立半晌，环顾周遭人来人往，当然没有人会注意到我，即使注意到，又怎会与照片中人联想？

与茅盾合影（1980）

　　离开古宅走到外头的煌煌烈日下，才像是走出了时光隧道，确定自己还没有作古。江南炎暑中，想到那年冬天在北京——还记得是 12 月，一个晴朗的冬日午后，出版界前辈范用先生带着我，在一幢安静的四合院的书斋里，见到这位清癯瘦削的老人。那年茅盾八十四岁。他一直是我心目中一段错过了的文学年代的巨人，面对着他，在难以置信的激动平息之后，我仍有一份时光倒流的错觉。

　　那天我们谈了不少——几乎全是我问他答：他谈自己如何从"卖文"走上文学之途、谈写作《子夜》的前后、谈对年轻后进的提携、对外国文学的引介……当时的我，似乎是想捕捉那些错过的年代和历史吧——我的，还有他的，不免咄咄逼问些明知他难以直言的问题，譬如比较1949年前后的文学作品、产生像他这样作家的大环境甚至他的"搁笔"……幸而他并不以为忤，总是面带微笑，说一阵，歇下来喘口气。告别前用我的相机照了几张合照，回美后挑出一帧寄给他，就是墙上这张了。

那是仅有的一次见面。三个多月后他便过世了。他为我生平第一本小说集题的字——"西江月"，原迹还挂在我家客厅墙上，二十年下来看惯了竟成视而不见，我几乎把它忘了。此刻这幅纪念馆里的数据图片，又一次地有如时光倒流，那个照片上的文学青年像是我模糊的水中倒影，当年坐在先生身旁的心情点点滴滴回来，却似提醒我逝者如斯，正似桥下的流水。

2003 年夏

茅盾的题字

我家客厅壁上有一幅字："西江月／茅盾题"，底下一方钤印"茅盾"。挂了许多年，来客看见都会好奇地问：真的是那位30年代作家茅盾的手迹吗？知道这是我的一本小说集书名的朋友还会质疑：茅盾怎么会给你的书题字？

其实，茅盾先生为我题字时我还不曾见过他。代我求字的是他的老朋友、出版界前辈范用先生，而那是范先生的主意：请茅盾题字、丁玲写序。当时我根本不敢想，也不相信这两位文学史上的人物还在，而且愿意理会一个名不见经传的作者。

后来范先生告诉我，他是这么跟茅盾先生说的：有个在中国台湾长大、现在旅居美国的年轻人，写的小说竟有几分沈老您的风格呢。

范先生的眼光的确厉害。我初到美国不久，在印第安纳州普渡大学图书馆的两层楼之间一个小阁楼里，发现四壁都是中文书，而且其中有许多是我在台湾看不到的中国三四十年代的文学书。我简直像发现了金矿，狼吞虎咽这些成长年代的"禁书"，

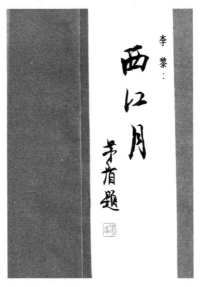

茅盾的题字

《西江月》书影

对于我，那是文学史上空白地带的补课。我把那里有的茅盾作品都看了，那段时间写出的小说，可能不免受到他的影响吧。茅盾先生读后大概是同意了范先生的说法，也许是基于对一个来自异域的年轻作者的鼓励，而且那时"文革"刚过不久，或许一个完全不同于红卫兵的文学青年的诚挚打动了他……

1980年底我到北京，看到刚出版的《西江月》，我的第一本小说集和封面上的题字。大病初愈、才动过眼睛手术的八十多岁的老人家，字迹不如他先前的遒劲，但我视为珍宝。一个冬日下午，范先生陪我登门拜访，我得以亲见这位中国现代文学史上上承"五四"、下启三四十年代文学的巨人。但是那天我在茅盾先生北京四合院的家中，那间书房兼会客室里见到的，却是一位亲切谦和的长者。我为他的题字向他致谢，并且对他做了一个简短的访问。

三个月之后——1981年3月27日，茅盾先生辞世了。如今那间幽静的两进四合院已经成为茅盾纪念馆。我一直不曾回去过，网上看见照片，庭园还是记忆里的模样，花木扶疏，只是多了一座先生的半身塑像。

倒是他的故乡，浙江桐乡乌镇的茅盾故居，几年前我去参观过。乌镇是个宁谧秀丽的江南水乡，茅盾的小说《春蚕》《林家铺子》都是以他的故乡为背景。我在美国大学教高年级中文时选了这两篇小说让学生读，配合放映电影，学生都很喜欢。茅盾小说的写实和自然主义的文体很适合做中文教材，不仅文字生动流畅，而且叙事风格抒情却不流于一些"五四"文学的滥情，这可能要归功于他西方文学的素养。学生读完小说之后再看电影，更增加了画面的效果和理解。《春蚕》里的江南养蚕农民,《林家铺子》里的城镇小生意人,在 30 年代中国动荡的时局和经济转型的社会里成为悲剧人物,几十年后依然能唤起另一个时空读者的同情与感动。

乌镇故居纪念馆二楼陈列着茅盾的生平照片。完全没有预料到的,我看见墙上挂着当年我和他的合影。忽然间那个多年前的冬日下午,那栋北京四合院里见到的早已进入文学史的人物,一时又变得如此真实起来。在他生长的故乡,滋养他的文字和文学的地方,他的人和字都回归到原位。我竟可以把这个人,和他那何其遥远的时空联结在眼前当下了。

一个消逝的文学年代的最后一缕光芒闪现,我有幸瞥见了。而他是如此慷慨,在生命最后的岁月里,为一个来自遥远的地方、与他毫无渊源的年轻人提笔蘸墨,写下三个字:

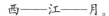

西——江——月。

［巴金］

　　巴金（1904—2005），原名李尧棠，四川成都人，中国现代著名作家、出版家、翻译家，"五四"新文化运动以来最有影响的作家之一。文学代表作有《家》《春》《秋》等。"文革"时遭迫害。晚年所著《随想录》和提议建立中国现代文学馆、文化大革命博物馆，引起了很大的社会反响，但后者至今都未实现。

1979 年秋天第一次拜访巴金先生，我算是"有备而去"的——之前在香港时（那个年代从美国到中国大陆都要经过中国香港），朋友听说我要访问巴金都很兴奋，记得古苍梧还特别叮嘱我要问几个文学上的问题。那天的访问全程录音，先生居然非常配合，所以《巴金先生谈过去、现在、将来》这篇是完全照录音誊下来的。至今我还珍存着那两卷录音带，只是很难找到可以播放的机器了。一年多以后第二次去他的家拜见，心情就轻松多了，没有带录音机，谈了些什么不复记忆，不过，还是留下了合影。再过三年，1984 年元月，那时的政治气氛跟天气一样有些寒冷，我去见住在医院的巴金，心有所感，因而写下《"中国的良心"》那篇短文。二十多年将近三十年后重回那幢武康路上的楼房，故居已经成为纪念馆。人去楼空，而比起那幢楼外的城市以及更多的人和事，人世间的变化岂止是一时一地而已？

巴金先生谈过去、现在、将来

时间是 1979 年 10 月 14 日。地点是初秋的上海，巴金的家。人物呢，被访问者有一头萧萧的白发，头总是昂着。年轻时的照片上最有"性格"的一双紧紧抿着的唇角依然倔强，但微笑时却有一份老祖父的慈蔼。论年龄，他是可以做访问者的祖父了。十 年前，在台湾上大学时，她才第一次偷偷读到他的《家》《春》《秋》。那时她怎么也不会想到，有一天她会坐在他的"家"里，在一个"秋"天，在一个历史上的"春"天来临的前夕，与他畅谈一个下午。在座的还有他的女儿，上海《收获》杂志的编辑李小林。

虽然刚病好不久，巴金先生讲话还是中气十足，四川乡音几十年不改。他说话很快、很直、很"白"，绝不咬文嚼字。下面的对话是根据录音记下来的，除了他的口头语"就是这个样子的"删掉不少之外，基本上不做改动，以尽量保留他的独特的语气。

我正在写长篇

李黎：听说您现在正在写一部长篇小说？

巴金：我在写个长篇，暂时定名《一双美丽的眼睛》，也许会改也说不定。

李黎：从这篇名推测，大概是写萧珊的。

巴金：也不一定，我想写一对知识分子夫妇在"文化大革命"中的遭遇。

反封建的任务还多得很！

李黎：也还在翻译赫尔岑的《往事与沉思》？

巴金：抗战期间我出过《家庭的戏剧》中间的一部分，后来六几年又重新改过、又出过。但这一次是预备出全集。共有五本，第一本最近就要出版了。这部书我是 1928 年在法国的时候买到英译本，读了很受影响；他的笔锋带感情，他的写法我很喜欢，所以一直想翻译，一直没时间。这一次"靠边"的时候，我先把《处女地》修改重译一遍，去年出版了，以后就搞这工作，一共大约一百五十万字。我在"靠边"的时候读这部书有更多感触，"四人帮"搞的那一套很像尼古拉一世搞的。我从"第二次解放"过后写的第一封信到现在，思想也很多变化。《家》重版我写一篇后记，后来看法又不同了。我当时觉得小说的历史任务已完成了，但后来在《爝火集》的序上我说：现在感觉反封建的任务还多得很，还远远没有完成。我觉得我们现在社会里还有很多封建的东西，那时我确实一点也感觉不到。

李黎：中国有不少现存的问题正是封建的问题，可是有些制度一般人没有想到它的封建性。随便举个例子吧，比如现在正在推行的顶替制度：孩子可以顶替退休的父母在原单位工作……

巴金：（"嗨嗨"地笑了几声）噯，这个事情——关于这个办法提出讨论时我也参加了。当时没有想到这一点。当时是为了实际情况，但执行的时候发生很多没想到的问题。我是觉得我们现在有一套完备的官僚主义的作风和机构；赫尔岑的书就是攻击俄罗斯那时的官僚主义、文牍主义、官僚阶层、公文旅行、时间花在公文里……1947年我到台湾旅行一次，跟个朋友谈起，说那时日本人比中国还进步一点，不经过公文旅行，电话就解决问题了。我们现在什么事都要静候批示——任何大小事务；时间上都很浪费。这是与现代化冲突的，一定要打破。

我这支笔要对祖国、人民有贡献

李黎：您早年旅行极多，但写作也始终不断，是什么促使您不断写作的？

巴金：我不是艺术家——30年代我就写文章说我不是艺术家，到现在我在《随想录》里也讲我不是艺术家。要想用我这支笔对我的祖国、人民有贡献，我就是不断地写，看了什么就反映出来。工作就是写作。我过去不是写就是翻译，不是翻译就是编，所以时间很要紧——我四十多岁才结婚，怕家庭妨碍工作，每年写上八个月，再到处看看朋友啊，住两三个月。我在写的实践中间学习。我最初写小说时还有写别字的，后来慢慢学习，慢慢改，慢慢熟了才懂得文章怎么才能写得更好一点。我最初写文章"欧化"得很厉害。现在外国有人说我修改自己的文章，是"迎合潮流"，我说我不是的，我从拿起笔来就改我自己的文章，每印一次就改一次，不断地改，每次发现缺点就改。我说文章又不是考卷，你可以根据我的初版来评论我的思想变化。但我的作品是要与读者见面的，我愿意以最好的形式出现。所以我说作家有权改他自己的作品。

我还要写八本书

李黎：您最好的创作作品多半完成在四十多岁之前。这是不是有什么特别原因？是不是有一类文学作品是要在比较年轻的时候创作的？

巴金：这倒也不一定。我解放后写得少，因为别的事太多。我如果没有别的事，还是可以写的，虽然不一定写得好——我写作是需要工作，并不是为自己想成名，是有话就要说。但有别的工作时就没有了时间。写作是无论如何需要时间的。我今年七十五岁，我预备写到八十岁，这五年工夫我得多做点事，把其他事撇开。过去是想：反正以后有时间，现在是时间不等人哪！我把这五年时间抓紧，写五本《随想录》、一本回忆录、两本小说，还有翻译赫尔岑的回忆。我说我不是艺术家，我觉得现在还可以写，我有感情，到今天为止，别的谈不上，但我爱国——我爱我的祖国、爱人民。我感情还很丰富，我可以写很多东西。我的思想经过了"文化大革命"，对我也是个很大的启示，我自己也算经过一次锻炼、一次考验——生死关头的考验。古今中外的作家很少人经得起生死关头的考验的，我算是

巴金（1979）

经过了这个。要不要死？很可以一下就死掉的，但是没有死。所以我现在也没有什么顾忌，写东西也不为名也不为利，就是为把我的感情留下来献给人民。

中国人无论怎样都摆脱不了跟祖国的关系

李黎：所谓"生死关头的考验"，很多人是没有通过的，不是他们不够坚强，而是考验太严酷了。您有过这样的经历，却仍然有这样的力量与信心，换作另外一些人，也许早就算了！

巴金：这是为了祖国和人民。从小我就觉得中国人受尽苦难、受尽欺凌，心里有股气，觉得中国人不应该这样子，所以解放后中国站起来，我感到很高兴。我把笔换了，来歌颂新社会，结果经过"文化大革命"这场浩劫，看到很多不合理的事，才对社会、对环境认识得比较清楚。所以我要把这点写出来，对祖国、对人民有所贡献，使将来不会再走这条路。

李黎：在国内我问不少人：像"文革"这样的事会再来吗？大家几乎都异口同声地说："会。"

巴金：我的看法是：文化大革命我也清楚了，要是再来也是很容易的，但我们自己每个人都有责任使它不要来。我到国外访问时有种过去没有的、特别强的感觉：中国人无论怎样都摆脱不了——尤其出了国——跟祖国的关系。每个人都要用全力把国家搞好，每个人都有责任。在国外有些人觉得国内有很多缺点，我说缺点是有，要老老实实对付现实，但每个人都有责任，国家好坏每个人都要负责，不能等别人。所以说文化大革命来不来，要使它不来，每个人就要负责，使它不再发生。要是每个中国人都这样，就不会发生。我对民主问题也是这样子想：民主不是恩赐的，是自己有责任去争取，民主才有。你肯讲话，才会让你讲话，你不敢讲话呢，……我们过去是封建社会太久了，一切是长官意志，你自己不讲嘛，听长官意志嘛，长官当然就"我说了算"了。

李黎：可是现在有人"余悸犹存"，才一讲话，什么"歌德""缺德"就出来了。

巴金：作家要对后代负责，应该有责任啊！应该不怕。不怕就没有事情了。现在主要是每个人都怕，当然"凡是派"就出来了。

李黎：您这是说要有"道德的勇气"。

巴金：是啊，所以我准备再活五年，我这一生写了这些东西、活了这样久，只希望有些贡献，不要求什么，所以不怕什么。现在国家经过这许多，也在慢慢改进。缺点是慢慢改进，不是一下子就解决问题，所以要有耐心，但是要有决心，努力把国家建设好。

李黎：有决心的人肯定不少，但也有不少人没有耐心，等不及啊！

巴金：是啊，我们也急，但有决心，只要肯干，往前多走一步是一步，不是一步不走。每个中国人，就是你，也有责任的，在有个强大的中国之后，在国外站得起来。但也有在国外吃得开的，国际关系一改变，人家对中国人还是打，像越南。越南我去过两次，在西贡、堤岸的中国人本来过得很好——也不算中国人啦，是越南人，但你不承认没用处。所以大家应该团结起来，把国家建设好，每个人出份力量。

我们从茅盾起，后来都没有写作品，应该好好总结一下

李黎：30年代一些伟大的作品，像您的、像茅盾先生和其他人的，都是反映当时的社会现实，但一到解放之后，你们这样的作品就没有了。好像一条线之后就一切都好，只能歌颂了？

巴金：（又"嗨嗨"地笑了几声）所以说今年的"文代会"我提议要总结一下我们这些年的成绩和缺点。文艺要繁荣，第一是要多，然后是要好。过去有些缺点，过于限制，一定要写工农兵，主人公、英雄人物一定要是工农兵。我写过一篇文章讲我自己的缺点：我想写新人物、写新社会，但我不够熟悉，也没有时间熟悉，写不好、写不成、写不多。我常说我们从茅盾起，后来都没有写作品，他主要是文化部长，忙啦，但他从前写的几部长篇是很好的。

我们这辈的老作家都没有写——都想换支笔来写一写，有些想改造好了再写。我觉得知识分子的改造是通过作品在实践中改造。……所以，我觉得应该总结一下，到底是什么原因。我们的希望还是"繁荣"。我的意思觉得宽是可以宽一点，只要歌颂新社会。

应该让作家写他自己擅长的东西

李黎：中国的文学传统，从《诗经》开始，就是有并行的"美"与"刺"——歌颂与批评，都是很重要的。现在是不是该开始一种比较灵活的观念去解释延安文艺座谈会的讲话？

巴金：我在 1962 年上海"二次文代会"上发言——"文革"时为这篇东西检讨过好多次，是个罪名哪——我就说该松一点，对待文艺写作放松一点，要不是公开反对社会主义，都可以放松。我主张应该让作家写他自己擅长的东西，只要是歌颂新社会的就可以了，譬如像茹志鹃这样很有才能的女作家，有一篇《百合花》，茅盾推荐过的。她有两本短篇小说集《高高的白杨树》和《静静的产院》，很有才能，善于从小事反映大事，从一个人的普通生活反映出新社会的幸福生活。但她就不断受到批评，说她是写"家务事、儿女情"、不写英雄人物。我觉得可以提倡一部分人写，但多数人不一定要写英雄人物。我们主要还是平凡人多些，英雄少。有些人说——我也这样说过——要树立榜样呀，大家学习的榜样呀。事实上读者不是这样的，不是读一本书就可以来学的，所以要写英雄人物就跟一般读者距离很远。他们学不上的。写一些平凡人物，像 50 年代写一些中国社会风气，一般人民的思想、青年人思想，这是很好的。我也知道得很多，譬如那时有工商界朋友的小孩不要家里的财产遗产，尽管父亲有钱，却愿意靠自己生活。但到"四人帮"时却把青年人的理想完全搞掉了。所以青年人思想的问题都是"四人帮"造成的。就拿插队落户来说，最初到农村去的青年都是雄心壮志，什么都不怕，但后来没人管，没有人好好照料，搞得这个样子，使他们接触到残缺的现实。

并不一定要"做官"才方便"体验生活"

李黎：看您这样争取时间写作，使我有个感触：我回来见到一种现象，就像作家一旦成名或成功以后，就往往有了许多头衔，要处理许多业务、开会、见人……然后就没有时间写作了。

巴金：这也是一种，但另一方面自己也很困难，我们有培养青年作家的任务，要看稿子、改稿子，这里演讲那里做报告，讲怎样写作品啦，这样一来一部作品出来，第二部就比较困难了。另外就是"双百方针"的百花齐放没有真贯彻。

李黎：我前几天见到了丁玲先生的时候也与她谈到这个问题，她说作家要是不"做官"，收入少不说，想去什么地方"体验生活"也不可能，所以虽然做官会占去你许多写作时间，但比较起来做做官对写作还是有方便。

巴金：（笑）做官嘛，就是方便一点。至于"体验生活"是没有办法的，倒并不一定要做官才方便体验生活。我主张作家不该脱离生活，脱离了生活再去体验生活就差一层了。我自己的经验是去部队体验生活，我起初很怕，因为从来没有接触过部队，但我一去部队里倒很简单，大家庭一样，一熟悉了很受感动，处得很好。但是再过一个时间就困难了，好像食客似的，闲着无事可做，再深入就比较难了。所以"体验生活"是有很多困难的。你要熟悉自己写的东西，这还是要由作家自己选择。这种生活也许我容易熟悉、那种生活我却不容易熟悉。所以生活得我自己选择，不能由机关或作家协会替我选择。上面说这部分人需要反映，生活下去了，却写不出来。

我们有人可以不写作品也照样做作家！

李黎：您二十几岁的时候就写了那么多了不起的作品，许多30年代的作家亦复如此。可是国内现在为什么没有这样的现象呢？

巴金：我跟很多日本作家来往，发现他们写很多作品，而我们没有多少作品。我有一种说法——有人不赞成——就是我们有人可以不写作品，但可以成为作家，可以生活。我们养起一个专业作家，他可以不写作品也照样做作家，报上常见面，这里也有活动那里也有活动，几年不写作品。但是日本那些作家要不写作品就生活不了。我们那时候，我的工作就是写作，我们把第一本书写完就要写第二本书，我一有时间拿起笔就写。现在我见到茹志鹃就讲：我在她这年纪，二十年里就写几十部作品，她就是两本短篇。就是有种种限制，限制着她、不让她发展。所以我主张以后应该宽一点，只要一个大目标，不反对社会主义、不反对我们国家、不反党。现在有刑法了，违背刑法依法起诉，不违背刑法，宪法上讲的有从事文艺创作活动的自由，宪法上是保证这个自由的。作品写得不好吗，写篇文章批评就算了，不是犯罪。古今中外文章写得不好也没犯过罪，是不是？

李黎：有一种文学批评不是文学批评——不是就文论文，而是动不动要从文章"抓思想根子"。

巴金：是啊，作为代表行为的样子。有人问是不是也要有部"文艺法"，我说有刑法了，用不着了嘛。

李黎：如果没有"法治"的观念，有什么法也不管用。"四人帮"的时候有宪法，还不是要践踏就践踏。

巴金：中国再不搞"法治"就危险得很，四个现代化就永远搞不了。其实，守法是很简单的事情，应该一切照法办事情嘛。

不要养作家

李黎：想听听您对新一辈年轻作家的看法。

巴金：年轻作家我想从50年代的一批说起。最近不是出了《重放的鲜花》吗，有些"右派"的文章，当时受批判的。这些文章有写得不错的，当时这些人如果让他们发展、写下去的话，今天就很不错了。中国今天的文坛很不错，今天许多年轻人发表的作品都不错，比我们初出来的那个时候都要好。所以主要的问题就是要让这些发展，作家协会，只要有什么事提醒他一下，让他发展去。我总是说不要养作家、不要设专业作家，宁可有稿费高一点的业余作家，给他种种方便。作家总得要写作。我们现在作家不写作。这个问题我吵了好多年。还有一个是"跟得紧"的问题。我写了很多作品，以前30年代的作品现在都编了文集，丢掉的很少。但我现在很多作品稿子写好就不能用了：我写越南的有两本散文，出了一本，另一本写好了，一部分发表，一部分没发表，结果出都不能出了。我写一篇文章记在朝鲜会见彭德怀司令员，当时打电报到处发表，后来彭德怀"有问题"，这篇文章就从我的集子里抽掉了，现在彭德怀平反了，文章又见天日。所以文章越"跟得紧"，毛病就有了。

应该尊重作家

李黎：中国自古以来作家的地位在统治者的眼中是不高的。从前是与倡优并列，皇帝盖了宫殿，一高兴就把大作家如扬雄、司马相如等叫去写篇东西歌颂报道。

巴金：这个话还没人敢说。今天陈登科来，我跟他谈了。他提倡作家该有版权。我说是该有版权嘛，我们现在国内也不保障版权，作品写出来是社会财产，出版社来指挥。出版社高兴出就出，不高兴出就不出，他忽然高兴要出了，又没有出……作家的钱还无所谓，但起码要不要出、要怎么样发表，应该尊重作家。这是第一。第二是对国外，我们也不能保障我们中国作家的版权，外国要翻译我们的东西也不经我们同意。

李黎：中国没有参加国际版权的组织嘛。

巴金：所以我们应该参加。国际应该保证这个。对作家应该重视。在国内也不给他版权，在国外也不保证他的版权，作家地位像是干部一样。真正作家的功用应该像是灵魂的工程师，塑造人的灵魂。我的思想、对是非善恶的观念，也许受所读的书影响。所以对作家应该尊重——不必养起来，但稍微重视他一点，不必像使用一般干部那样子，高兴时捧几句，不高兴骂一通。

有时把文学作品说得一钱不值，有时候一部作品不得了，影响很大……

李黎：要说不重视也不尽然，有时对文艺工作者可紧张得很，把他们写出或演出的影响力估计得太严重，好像非得要狠狠批倒、肃清流毒才行。

巴金：我在1962年上海"二次文代会"的发言也讲过了：有时把文学的作品说得一钱不值，作家也是，说托尔斯泰没用；有时候一部作品不得了，影响好大！

李黎：可以"流毒无穷"？

巴金：为那发言后来我在"文革"时检讨，罪名很大。青年学生把我叫出来，叫我"自报罪行"，我说我写书十二卷、十四卷，另外是"二次文代会"的"反动发言"——美联社把这份发言作为电讯稿发出去了，它成为"反华的炮弹"。

最不紧张的是中国了！

李黎：谈谈您这次出国的感想吧。您这次去巴黎，距上回离开有多少年了？

巴金：五十一年。

李黎：半个世纪！您最大的感触是什么？您觉得欧洲这半个世纪最大的改变是什么？

巴金：一个是法国对中国友情的热烈；第二是我们太落后了；第三是刚才讲的，中国人应该团结起来。欧洲嘛，尤其是巴黎，艺术品特别完美。那个城市老的一部分没大变，新的一部分很发展。我看了不觉得怎么样大变化。倒是看美国来的人感到美国生活紧张，看法国人不觉得。法国人我倒习惯。美国人好像时间上不得了。

李黎：欧洲是比美国不紧张一点，不少美国人羡慕欧洲人的生活方式，轻松写意些，觉得那才是"生活"。

巴金：不过现在啊，最不紧张的是中国了。中国有个时候，50年代，还比较紧张，但"文化大革命"以后，现在毫不紧张。法国虽然不紧张，但还比中国"紧张"些。

李黎：我回国来最不习惯的是"慢"。

巴金：是慢。我觉得中国旅馆里服务员不少，但事情得客人自己做。（笑）都不大做事的。在外国很少看到人，但工作很有秩序。

李黎：您是四川人，却在上海住了这许多年，是对这个城市有偏爱吗？

巴金：我是破书很多，搬家很难搬。

李黎：（环视这幢陈旧的、西式的三层楼房）从"文革"前就一直住的是这幢房子吗？

巴金：我1955年搬来，来后，萨特和西蒙·德·波伏娃来过。"文革"中，下面隔壁的草场给占了，当司令部。到1967年底，我就从楼上搬下来，楼上都封了，我们一家都住在这间房间。封起倒好，没什么大损失。

李黎：有几间房？

巴金：一共六间：楼上三间，楼下两间，三楼一间。

李黎：老先生不爬楼了吧？

巴金：爬啊，我就要爬楼才行啊，一天上下几十次，我就是要锻炼啊。

真正写作的人，都是从生活出发的

李黎：我想请教您一个所谓"典型"的问题。现在有一种文学批评，比如批评《伤痕》一类的文学，常说：这个不够典型。好像非得真要有多少个姓甚名谁的这样的人在面前才叫典型，否则便是制造低级趣味或者别有用心。

巴金：这个，我们现在有，过去也有，就是对每一个人物都说不典型，我说这个没关系，比如要有人写个作家是坏人，我也不会说"这不典型"而提出抗议。说典型，有许多理论是研究理论者自己搞出来的，是为了研究起来方便，还想指导作家。真正写作的人从来没想到这些问题，他是从生活里出发的，生活里给他印象最深、感觉出来的就写。一般作家是没什么"主义"的，有一种作家想创造一条路子，先搞个什么"主义"出来，大宣传一通，怕别人不了解。像欧洲一些现代派画、抽象画，我实在看不懂，几十年了我也看不懂，你说它有什么道理不？我讲不出。就文学作品来说，它还是为多数人服务的，它将存在几十年、几百年、几千年，存在下去还是要人懂的，有少数知识分子，比如想创新、想找路子，想更特别、不同一点，所以搞出些东西只有少数人懂。现在欧洲许多画，不管怎么说多了不起，一幅画可以卖几十万，但是几百年后要是多数人不懂的话呢？作品本身价值还是要由人来决定的。很奇怪，有些人搞创作先要自己解释，要搞个理论。其实作品跟读者见面要作品本身能打动人，而不是要先看理论，有些打动人的，一辈子忘记不了。

曹禺的《王昭君》还是有点"三突出"！

李黎："理论先行"？"主题先行"？现在有些作品好像是为了要配合一个政策才奉命写成的。当然，我不是否认文学家的使命感。但比方像曹禺先生的《王昭君》，一般反应是不如他从前的几个剧本。为什么会这样呢？是不是就为了要配合民族和睦的政策、为了周总理指示过……

巴金：曹禺的《王昭君》我看过。前两场很好。孙美人写得很好。他把王昭君翻案写法，道理讲得很清楚，很不容易。曹禺我有封信给他——他才华是很高很高的，中国作家有几个，沈从文、曹禺，都是才华很高的。但是他解放后拘束得很，《明朗的天》写得不好。当时总理对他很好，给他个任务。同时他时间有限制，一天杂务很多，写作的时间有限，种种原因之后，他的剧本后半部草率了。

李黎：这是否不仅是草率的问题？作家创作文学作品，当成接受一个任务指示来做，是不是个好办法？王昭君以一介民女的身份，不但有偌大见识，而且远嫁匈奴之后，比咱们志愿支边的知青还适应得好。

巴金：（玩笑地）这是他还有点"三突出"！——其实也不是什么"三突出"，以前就讨论过写英雄人物要不要缺点，江青这是抄来的，英雄人物不要有缺点这个问题50年代就讨论过了。

李黎：像您、茅盾先生、曹禺先生等，解放后就没有像从前那样水平的创作作品，跟这种理论是否有关系？

在巴金家后院合影（1979）

巴金与女儿李小林、外孙女
端端（1979）

巴金：这只怪自己。与自己受许多框框影响有关系。另外，作家有许多事做，在写作方面就没时间了。我是没别的事做就拿起笔写作，有别的杂七杂八的事就没办法。所以我说：我们就是把作家养起，但我是例外，我不拿工资，拿稿费。拿工资养起的话，不写文章也可以，但就有别的事情了，所以我好几年经常有时间问题。我在《随想录》里也说道：对作家来说，不以作品见面的话，读者就会对作家造很多谣言了。但曹禺写的这个还近情一点，只是比较不深刻就是了。还有郭老的《蔡文姬》，根本不是民族和睦啊，不是大汉族主义吗？我觉得有大汉族主义。

李黎：《蔡文姬》我没看，不过故事是"文姬归汉"嘛，只好看怎么翻案啦。

巴金：曹禺也是那一套啊，没办法啊。可惜是可惜啊。我每次都劝他。我在《随想录》里也劝过他，劝他丢掉一些，大胆地写。

写不出好作品，只怪自己拿不出勇气和责任心

李黎：为什么增进民族和睦的政策，不用现时现地的题材，而要借用古代一个无法带入的故事翻案来写呢？

巴金：（笑）他要写历史剧嘛。主要问题是——每个人都是，我也是——我是主张大胆写作的、创造的，结果也没有。都是这样子。但主要也怪自己，没有认真地来大胆写作。1962年我的发言题目就是《作家的勇气和责任心》。主要就是作家缺乏勇气和责任心。我也是这样子。

李黎：可是"勇气"太大了，大概从"反右"就打下去了，

到了"文革"时说不定就给打死了。

巴金：当然也有。那时没想到这点。后来"文化大革命"中就是这样子，平反不了就死掉了。"反右"的时候还没想到这些问题。这一点我们只能怪自己。如果真正坚持就不会这样了。我觉得中间老舍倒是写了好多好作品，像《茶馆》，是老舍最好的作品，1957年写的。写得好。但写的还是解放以前。老舍是跟得最紧的，他劳动强度真可说是劳动模范。但他的结果……（黯然）我想起来很难过。

李黎：老舍究竟是怎么死的？外边说法不一。

巴金：几个说法嘛。一个说自杀，一个说打死。我听说是自杀，没听说他不是自杀。我也不好多问。总之，他死得太可惜。日本人关于他的死写了好几篇文章。他是跟得最紧，解放最初就写《龙须沟》，写了恐怕有九到十个戏，写的不少，各方面都宣传了。

秋瑾被杀了还有人收尸，现在说一个人有罪，朋友都跟他划清界限

李黎："文革"时候有一种现象很令人痛心的，就是有些作家对"同行"的自相残杀。为什么会这样呢？

巴金：这也不一定。我说这个问题是：运动太多了就人人自危。文艺界也是，人在运动中就是保护自己。

李黎：保护自己就要牺牲别人？

巴金：就是这样子啊。一说某某人有问题，就是大家揭发。这有什么办法？那个时候搞得可怕的是这个问题。将来国家要搞好，这种事要避免，不能再出现这种问题。当时没有是非了。我

在《大公报》上有篇文章讲"反右"的时候冯雪峰先生的事，当时也讲过些话写过些杂感。陈企霞——就是所谓"丁陈反党集团"的那个陈企霞——讲过一段话，我也重复讲过，就是过去的时候还有人仗义出来说话，秋瑾被杀了还有人收尸，现在说一个人有罪，谁都怕，朋友都跟他划清界限，没有人来仗义执言，没有人出来辩护一下。我的文章几次就说过这个。我在"文化大革命"时没有人出来辩护，只有避开，或者攻击，写交代的时候还要再攻击一下。一个人问罪了，就大家揭发。我有个朋友，写了一整套，说我从解放前及抗战期间就怎么坏、说了什么话，一直到最近。写了一整套，都是编造。我不承认，甚至还对质，把我骂一通，我还是不承认。

过去知识分子讲"气节"，现在这个也"改造"掉了！

李黎：中国知识分子其实在这方面有很好的传统，像司马迁的为李陵下狱，顾贞观和吴汉槎的"盼乌头马角终相救"。这样一种传统不应该没有了。

巴金：我觉得知识分子有很多缺点。中国过去知识分子讲气节。现在气节呢？搞改造的时候，把这个也"改造"掉了（笑）。面子架子都丢掉了。现在最可怕的就是这个，没有气节。朋友都靠不住了，谁也不找谁，我"靠边"的时候很清静，谁也不来找了。所以我提议现在应该有点人道主义，革命人道主义也好。现在应该鼓吹点革命人道主义。有了人道主义，很多人不至于活活地没有什么罪名就被打死，不至于好好的就开了追悼会。像老舍，若不是乱打一通，讲点人道，也不至于死掉。他是要学习，劝他不要去他还跑去，结果被抓到就一顿打。我倒没受过体罚，精神折磨有。我说人道主义现在是需要的。不管怎么样，主席也讲过不能虐待俘虏嘛。

李黎：您觉得现在老一辈作家和年轻的作家之间，会因为年龄、经历的差别而产生隔阂吗？

巴金：那倒不一定，那不会是我们这些老一辈作家。或者可能是中年作家，现在比较活跃些的。我们这些老的都下来了，年纪大了，很多也不大写了，也没计划写了。中年作家五六十岁的，他们也可惜，也只写一两本书，本来好的情况下也应该多写几本的。我总觉得作家应该多写，当然也有好的有不好的，只要不是反党叛国，写写没关系。反正不违法。现在有法在，很好办。

有法只是有个依据，自己还得斗争

李黎：您对法的信心很大。但我总觉得"法治"的观念才是最重要的。刚才也谈过了。

巴金：我的意思是你自己得斗争。在外国也一样，你得打官司，打官司也有打输的哩。有法还不是有冤案。我在法国时也听见一桩什么冤案，搞了六年，全世界替他讲话，结果还是上电椅处决了，五十年后才平反了。主要还是自己斗争，有个法做依据就是了，当然执法怎么样还是个问题。我们总得往前进，慢慢走嘛，只好这样。这十年也是损失太大了。

李黎：我在北京见到丁玲先生和艾青先生，他们的遭遇是二十几年前就开始了。

巴金：真是浩劫。这是别的国家少有的。这样的大作家、大诗人……（感叹地笑了起来）作家、诗人地位并不高啊！

李黎：地位不高，可是批起作品来好像影响力又无穷……

巴金：（笑）是要受点"影响"的啊！

李黎：那不就矛盾了？那地位就该高，不该打的时候又打得那么狠。

巴金：所以想想也难过。不过艾青嘴还是很厉害。

李黎：艾青先生的劲很大，又有一种辛辣的幽默感。

巴金：艾青是……（感慨地欲言又止）唉……他有二十多年这样的生活了……

"民主"主要的还是作家了解自己的勇气和责任，不能靠别人给

李黎：请谈谈您对当前中国文艺的前途有什么看法吧。

巴金：首先一个是要贯彻"双百方针"，一个是"民主"。主要的还是要作家自己了解自己的勇气和责任，不能靠别人给。作家不是在上层指挥下写出东西的，文学史也不是这样写出来的。还是要靠作品写出来的。现在很多青年没有理想，但也有青年是很关心国家民族的、有才能的。有些人写出了作品来。希望他们能多写些东西出来，只要编辑方面能大胆一点，反正有法在，该吃官司就吃官司。

李黎：要他们写不是问题，问题是写了敢不敢发、能不能发，条条框框多不多。

巴金：就是这个问题。一个是敢不敢发，一个是改不改他的。

李黎：这些作品基本上是年轻人反映现实生活的感受，也许在目前是没有太多编辑敢发。

巴金：就是这个问题啊。不过现在好点，全国刊物很多，有时这个刊物不敢发，另外的敢发，也有几家敢说话的刊物。现在是编辑责任重大。我觉得让题材宽阔一点，让作家放手写一点，胆子大一点。

李黎：中央叫大家胆子再放大一点，可是才大一点，就有"歌德""缺德"这些话来了。

巴金：直接管的人也不同啊，编辑也不同。慢慢来嘛。都是这样子：民主是争取来的，都得出点力，不会明天起来就忽然形势好转了。我们在旧社会生长，做中国人，在上海也受外国人的气，今天真是站起来了，但是我们都不愿意再回到从前去。所以大家要努力搞。

李黎：您觉得前途——

巴金：前途还是光明的。中华民族是伟大的民族。

李黎：现在有些人似乎丧失了这份信心。

巴金：有些年轻人丧失理想，崇洋媚外。我到外国去，觉得要一个人长期离开祖国回不来，也很悲惨，在国外也不容易生根，即使很有办法，好像也没多大意思。我觉得人总离不开自己的国家，所以还是好好地把自己国家搞好……

我现在写《随想录》，就等于写我的遗嘱

李黎：您的《随想录》是"说真话"的榜样。

巴金：我现在写这个《随想录》，我讲了，就等于是我的遗

嘱，我对一些事物的看法，对文艺方面的看法，都是老实话。怎样想就怎样写。当时我没想到、想错了，后来明白了，也照写。你不晓得当时"文化大革命"的时候，最初以为真犯罪呀，（笑）我们真老实呀，真想改造个彻底，我真想在机关传达室里做个值班的，都觉得幸福。那个时候批判我时我是觉得真有罪，认真地考虑。后来我才发现他们假，他们不认真，他们完全是演戏。我就看着觉得自己比他们高了。所以这也是有个过程的。

李黎：我读您《随想录》有一段印象很深刻，就是说您那时有一双眼睛可以把那些人看穿看透。

巴金：但这是自己诚惶诚恐地经过之后才这样的，不是一开始就这样。有些文章说我一开始就跟"四人帮"斗，没这个事。当时他们是高举旗子的嘛，慢慢才发现，都是有个过程的……

封建这东西一定要割掉！

李黎：还想跟您再多谈谈封建这个问题。

巴金：我总觉得封建这东西一定要割掉。"文化大革命"之前根本没有想到这问题，事实上，我们以前几千年是封建社会，然后是半封建半殖民地，还是封建的东西，在这基础上建设社会主义，所以现在发现"四人帮"搞的许多是封建的东西，不是资本主义的东西。他们要打倒资本主义是从封建"打倒"资本主义。现在看起来没有经过这个总归吃点亏。所以民主——假民主也好——没有民主习惯，没有要讲法，没有保障权利，都是搞封建观念的什么家族观念啦、搞什么开后门啦……其实照规矩办事情解决嘛。慢慢来嘛，每个人都有责任，知道多少讲多少。肯讲

与巴金合影（1981）

也好。

　　李黎：看到您感到很欣慰。一场浩劫之后，您似乎是"余悸"比较少的人之一。

　　巴金：主要的问题是：浩劫过后以后不能再有，就是要防止这个。但是有些人还是希望再来，一而再。现在问题是这一点。

　　李黎：有个不是文学的问题想请教您。您觉得社会主义的优越性在哪里？

　　巴金：社会主义就是计划生产。我的印象是：50年代上半期感觉到相当计划，所以进步得也快，和过去情况比，变化得快。后来就是——（笑）可能是封建的东西出来了。我看就是计划生产，资本主义就没有计划。我也只能这样说，我也不能说懂得多少。

李黎：我问过国内不少人这个问题，得到的答案往往只是一个肯定的结论，而不给论证。

巴金：现在我们就是习惯于讲空话。是要做出来。优越性本来是有计划的，给"四人帮"这样搞法一切都乱了。……社会主义研究起来比较复杂一点，有各式各样的社会主义。我觉得这些事情我不应该解释的，我不是搞政治的，我是搞写作的。

李黎：这些问题是很要紧的。有些问题如果想不通的话……

巴金：想不通就学习。什么事情自己用脑筋思考思考。过去解释"革命浪漫主义"和"革命现实主义"结合，后来我就不解释了。……我写小说也不是按这些方法写的，用不着解释。我总觉得社会主义占真理，不应该有人剥削人，应该消灭人剥削人这一点。但怎么样实现社会主义、社会主义情况怎样，也很难说。

我以后五年工作等于办"善后"，对自己的一生做总结

李黎：在外边的人也很关心您的生活和工作。

巴金：我说以后的五年工作等于办"善后"，对自己一生做总结。所以有人来同我说写传记什么的，我说不要搞，等我八十岁以后再说。现在我自己工作，能做一点就做一点。以前想可以拖到以后，现在没有多少时间了。对"文化大革命"要总结，多留点材料也好。现在也复杂得很。总得要总结，总得慢慢要搞清楚的。这种情况前一年还不可能讲得这样清楚。一方面是群众的意见、人民的意见。本来说等以后下一代总结嘛，现在好像等不了，恐怕得总结了。总之，前途是有希望的。中国有伟大的人民，人民是好的。中国人能吃苦。50年

代初期希望很大。以后好好搞，也有可能的。……关于文化文学方面，要民主，要大家讲话，真正贯彻"双百方针"，现在是有进步的。

1979 年 11 月整理于美国加州

题记：此文首刊于香港《八方》文艺丛刊第二辑（1980 年 2 月），后被收入《巴金论创作》一书（上海文艺出版社，1983 年），但内容略有删节，主要是提及曹禺和郭沫若的部分。收入李黎的散文集《大江流日夜》（香港三联书店，1985 年）、《别后》（台北允晨文化公司，1989 年）中亦有删节。这是最接近原版的一篇。

"中国的良心"

今年 1 月，我又到了上海。我心中想见一个人，却又怕打扰他。我知道他在医院里疗养，还要坚持写作。不速的访客，对他的体力、时间和写作心情都会是一种干扰。

然而好几位朋友都说："你难得回来一趟，总该去看望巴老吧。"

于是我托他的家人转问他：有没有时间和精神让我去探望他？他回话来说可以的，医生也"批准"。

上海的景色还是和三年前我见他的时候一样，萧瑟的冬日，偶或有些淡淡的日光洒在尚未抽芽的法国梧桐树上。我想买些自己喜爱的玫瑰花给他，开车的师傅说："这个季节哪有玫瑰花卖！"可还是让我在一家花店里找着了。我买下了他们仅有的一束红玫瑰，外加一把亮丽的菊花。

巴金先生住在华东医院，一间光线很好的单人病房里。他的家人轮流陪伴他。他穿着条子睡衣裤，坐在椅子上，精神似乎很好。一头丝般的细柔的白发，依然是三年前那个模样。

我每回刚刚见到这位慈蔼的祖父般的老人，总会一下子忘记他是坚毅地握了几十年笔、饱受沧桑忧患的巴金。直到听见他那口四川音大声地讲出很率直的话语来，才会想起他是谁。

我觉得他教导给我们的，最主要的还不是那几十卷文学作品，而是他的良心，他对真理的执着与尊重，他承认错误的勇气。在中国那段悲剧的历史时期、在是非不明的日子里，许许多多人的良心和灵魂在受着煎熬和试炼。当这一切过去之后，我们所见所闻的几乎都是对别人的指控，而不见对自己灵魂的自剖。我们读到太多的血泪史，却不见几篇忏悔录。

巴金先生却是少数的几个，毫不掩饰地一层一层自剖着自己的心灵。其实，他并没有做过违背良心的事，他只是有一段时期被欺骗了，甚至受到极大的痛苦折磨，但他也毫不容情地剖析自己之所以能被欺骗的根由。他这样写道：

　　……我自己也有责任。我相信过假话，我传播过假话，我不曾跟假话作过斗争。……即使我有疑惑，我有不满，我也把它们完全咽下。……正因为有不少像我这样的人，谎话才有畅销的市场，说谎话的人才能步步高升。（《说真话》，《探索集》四十九）

　　我深挖自己的灵魂，很想找到一点珍宝，可是我挖出来的却是一些垃圾。……（《说梦》，《探索集》六十）

　　他说他尊敬卢梭，称之为"老师"，因为他正是学习

在病房看望巴金（1984）

> 卢梭"写《忏悔录》讲真话"。（《序跋集》跋，《真话集》
> 七十一）

在受欺骗受折磨的日子里，他被迫写过无数篇"检查交代"，那些当然是同等的欺骗与虚妄。而今，这位七八十岁的老人，写出一篇又一篇他真正的灵魂和良知的严苛的"交代"。这需要极高贵的心灵、极巨大的勇气。他可以完全不必这样做，但他做了，为着千千万万寻求真理和良知的人。

在这样的一颗良心面前，我们有太多需要深思的。

1984 年春

重访巴金的家

上海武康路早年叫福开森路，只有一公里长，也不宽，但是非常雅致，有好些欧陆风情的老建筑。庭院深深的别墅围墙后面，那些并不显得陈旧的古典式花园洋房，每一栋里都隐藏着一个昔日的故事。这里原是法租界，路旁栽着法国梧桐，人行道上铺着红白相间的砖，走在路上会感到一种从容的气氛。时间在这里似乎也走得比较迟缓。

巴金的家就在武康路上，113 号，建于 1923 年，据说原是"俄侨通商事务所"。一栋式样简单的三层小洋房，后面也有个大院子。

1979 年 10 月和 1981 年 1 月，我曾两度去巴金的家拜访他。2012 年春天再去，三十多年过去了，巴金的家已成了巴金故居纪念馆。已经是 4 月底了，那天，上海却意外地冷下来，还刮着风，倒有几分像我第一次来时秋天的况味。

巴金 1955 年搬入这栋屋子，直到 1999 年进了医院再没出来。将近半个世纪里，这就是他的家，他在这里经历了生命的大

巴金故居

起大落，包括丧偶之痛。

进了大门，我开始搜寻记忆——

三十三年前的秋天，那时对上海的老建筑还没有发生兴趣，要见巴金并且进行访问不免有些紧张，因此对武康路和那栋房子外观的记忆其实很模糊。只记得是栋三层的洋房，不要说在当时的上海，就算现在也不是一般百姓住得进的。会见我的地方应该是一楼的客厅，在一个浅浅的立柜前的沙发上，我们谈话并合影。还记得的一处地方就是那个宽敞的后院，因为也跟他在那里合影过。

一进门的门厅现在变成接待室，当年的第一印象现已不复记忆。正对面两间房，右边那间是会客室，他两次都是在那里见我的。我们坐在花色淡雅的沙发椅里，现在的沙发形状还是一样，不过换成了颜色鲜明的橙色椅套。那时我与他成直角坐着，我带了录音机，他竟然很随和地让我全程录音。他的四川口音不大好懂，不时需要女儿李小林"翻译"。

他直率地说话，我照实录下写出，后来在香港《八方》杂志刊登时据说引起一些争议，因为谈到他的老友曹禺，他说曹禺后来写的剧本不如以前，尤其是新作《王昭君》太"三突出"了。（注："三突出"是"文革"期间的文艺指导理论，是"文艺创作塑造无产阶级英雄人物"必须遵循的原则：在所有人物中突出正面人物、在正面人物中突出英雄人物、在英雄人物中突出主要英雄人物。）接着，他还主动提到郭沫若写的《蔡文姬》剧本，批评那是"大汉族主义"。这些话引起曹、郭家人的不满，后来我将访谈录收进文集里时删掉了那些部分，因为当时巴金先生还在世，我不想造成他的困扰。

一上二楼，过道儿靠墙一面就已全是书架，摆满各国各种语义的书——巴金英、俄、法、意文都通的，早年翻译这几种外文的书有近三十本之多。他那辈的作家学者们，有很多在年轻时就已经打好了外文基础，涉猎了古、今、中、外的知识，即使是小说创作，也有深厚的学问底蕴。茅盾就说过："知识是底，小说是面上的事。"有底还并不一定能写出好的小说，何况若是连"底"都没有的"面"呢？

通往三楼的楼梯拦着，三楼不对外开放，据说全是藏书。这栋楼房的屋顶是斜披下来的等边三角形，三楼应当是有点像阁楼那样，天花板也是斜披下来的，到了房间的边上就变得很低了，住人不是很舒适，藏书倒是最适合。

二楼的右边房是书房，我发现他用的打字机是老牌的Remington，现在真是古董了。旁边那间原是夫人萧珊的书房，依然保留原貌——萧珊早在1972年就病逝了，那时，巴金还在"五七干校"接受批斗改造，萧珊也随之吃了很多苦，包括挨打，病发时连医治都无门，最后总算进了医院，却已无法治愈了。这些都是巴金在《怀念萧珊》那篇文章里，用沉痛但平静的语气叙述的。

再往里就是卧室，床头柜上有一张放大的萧珊的照片。记得我第一次见巴金时他就告诉过我：萧珊的骨灰一直放在家里伴着他。

既是西式洋房，主卧房当然有附设的浴室。连浴室里也有书架，上面也摆了许多书——其实，浴室的水蒸气对书本并不好。衣架上还挂着一件男式睡袍，好像男主人还住在这里的样子。

馆方人员强调一切都照原样摆设，尽量用原件而不用复制品，只除了一架钢琴——原件是萧珊用自己的钱买给女儿的，小林实在舍不得留在这里，搬出时带走了。

屋子里给我印象最深的"展示品"是一口老式的箱子，一件烙上了"文革"烙印的遗物。那是一口陈旧的铜锁木箱，上面贴的封条还保留着，隐隐可见"三结合……封"的字样，原来是抄家时放没收物品的。想象当年来抄家的那些对"知识"和"西方"充满盲目仇恨的年轻人，来到这栋洋房，从里到外都不是他们日常见得到的精致物什和书香气息，怎能不格外寻衅？

出了屋子来到后院，比记忆中的院子整齐美丽得多，想必是后来那些年又整修美化了的。院子里有樱花树和枫树各一株，据说上个月还开满了樱花。我两次来是秋和冬，难怪对这些树没有任何印象。侧院有一栋独立的两层小楼，从前是藏书屋，现在楼下作为纪念品销售部，我买了两本设计精致的小笔记簿和一个印了纪念馆图像的书袋。同行的朋友起哄，说楼上可以开一间咖啡沙龙，供文人雅士聚会……

我却在想：对于来纪念馆参观的年轻人、学生们，"巴金"这两个字，代表的除了是一个文学史上的名字，以及是前两年的电视剧《家》的原作者之外，还有其他的意义吗？

回想三十多年前的见面交谈，那时浩劫刚过，敢说真话的人绝无仅有。我问得直率，先生答得也直率，以致他在访问中的直言，在香港发表后传回内地得罪了一些人。他强调作家要有勇气和责任心，应该被尊重但也该专心写作，不要紧跟、不要歌功颂德；知识分子要有气节、不怕说真话；民主不是恩赐的，是要争取来的；中国不讲法治就无法现代化……

我故意问他1949年后作品锐减的事，他说：我们这辈老作家，从茅盾起，后来都没有写作品！这样的坦然直白令我心为之一震。说这样的话需要的勇气不仅是当时政治禁忌上的，也是一个作者诚实地面对自己——他一语道破了他这辈作家1949年后创作困难的事实。如今那些指导理论、条条框框、禁忌桎梏固然是没有了，但他期许作家要有勇气和责任心，知识分子要有气节、不怕说真话，民主要去争取等，还是非常遥远——有的似乎更遥远了。

最后他说："文革"再来也不是不可能，甚至是很容易的，需

二楼书房

"文革"时被封的木箱

要对"文革"尽快"做总结"——也就是检讨。这在"文革"刚过的当时真是大胆的言论。他在其他场合也不止一次呼吁建立"文革"博物馆，但始终没有建成。他去世这么多年了，果然，正如他所担忧的，这场浩劫已经渐渐被遗忘，许多年轻人对"文革"已经没有概念，更不用说记忆了。

那年他七十五岁，对我说要继续写五年直到八十岁，计划再写五本《随想录》、一本回忆录、两本小说，还有翻译赫尔岑的回忆《往事与沉思》……他的口吻自信而自然，好像成竹在胸。然而年龄与健康状况延搁了他的计划，《随想录》虽然陆续在写，但回忆录和小说始终未写成，赫尔岑的书也只翻译出第一册。

巴金晚年一直呼吁"说真话"，然而对 80 年代末的一些风波还是缄口未言，令许多人失望了。他在医院里躺了六年，备受煎熬，要求解脱却不得。那些年我去上海时，好友都劝我不要去探望，因为会不忍见他如此受苦……

而今这一切都成过往，在这栋优雅安适的纪念馆里，我想到的却是这些并不优雅安适的记忆，而为之深深慨叹。人的生命有限，故居可以整饬修缮，没有生命的木石都比人存在得长久。凡人要对抗这短促的时间和遗忘，要在短促的生命结束前，留下一些存在比较长久的记忆和遗泽，当是古今无数壮志难酬、抱憾而逝的仁人志士的愿望吧。而其中几人能有一个属于他自己的纪念馆？巴金若是有知，他会希望在这座纪念馆里，对我们说些什么呢？

2012 年夏

［沈从文］

　　沈从文（1902—1988），原名沈岳焕，湖南凤凰县人，现代著名小说家、散文家和历史文物研究家。曾先后在山东大学、西南联大、北京大学任教。1949 年后承受巨大政治压力，放弃文学创作，改为从事中国古代服饰的研究。1969 年曾下放"五七干校"劳动。1950 年到 1978 年在北京中国历史博物馆（现国家博物馆）任文物研究员，1978 年到 1988 年在中国社会科学院任研究员。代表作有《边城》《从文自传》《湘行散记》《中国古代服饰研究》等。

无论是文字还是情怀，沈从文都是我最喜爱、最令我心折感动的现代中国作家，却是最后一位求见的。迟迟不见正因为太想见，反有"情怯"之感——怕他已不想谈文学，更怕他想谈却不能谈、不愿谈。浩劫之后，其他人都回归文学，唯有沈从文，早已转移到服饰研究上去了。我的迟疑是有道理的：见了这么些位作家，只有见过沈从文之后，心中有难以言说的感伤。瑞典那边早已有这样的说法：1988 年的诺贝尔文学奖是沈从文的，但是那年夏天他已辞世……但这已经无关紧要了。

　　收了写黄永玉的《人间风景》，因为真喜欢他的《太阳下的风景》。里面写沈从文，是我读过所有关于沈从文的文字中最感动我的。为了沈从文，我千里迢迢去到湘西凤凰——他的故乡、他的故居，他童年踩过的石板路和少年离家的水路、壮年回乡的道路，当然还有他的长眠之处，也看见了黄永玉在凤凰的宅邸。还有原叫茶峒的边城，翠翠和创造出她的沈从文，在那里成为观光的招牌。

夏日北京：沈从文

中国小说里，有两段令我心醉神驰的绝美意象：一是《红楼梦》里宝玉身披大红猩猩毡，消失在白茫茫大雪地上；一是沈从文的《边城》，翠翠在睡梦中听老二的山歌，灵魂随月光下美丽的歌声浮起来，飘过白塔，飘到悬崖半腰上摘了一把虎耳草。

然而沈从文说："美，总不免有时叫人伤心……"

是因为美总在消逝吗？在去看他的路上，我惘惘地想着这些事。他家在崇文门外的公寓高楼——当然已经不是早先逼仄的一间小屋、两里地外又一间住着妻子那样的境况了。他的表侄、画家黄永玉在那篇写他的《太阳下的风景》里，称那两里之遥的居处为"飞地"。读了那些生活记述，觉得《中国服装史》（出版时叫《中国古代服饰研究》）写出来是个奇迹——沈从文本来也是个奇迹。

门上贴着不见访客的字条。可见访客一直还是有，虽然沈先生自从中风后行动说话都不便利了。近两三年大陆"寻根文学"风起云涌，而其健将们几乎全尊奉沈从文的作品是他们最早的源流。沈从文笔下的世界有湘西的山乡与河流、牧笛与船歌悠扬的呼唤、善良淳朴的村民在漫漫岁月中的哀乐生息、巫楚文化的神奇瑰丽……但并不仅只是这些。他作品中的世界便是中国，淡淡笔墨后面有浓烈的哀愁和美丽，一条古老河流般的包容、叹息和生命力。因而文学上他虽然休笔四十年，依然没有被遗忘，而且正是通过了时间和其他的考验，才愈见其妩媚与深远。

八十五岁的老先生端端正正坐在客厅中央的一张藤椅上。夫人张兆和依然娇小清秀，说话很快，脸上总是挂着微笑。沈老也笑，但是——唉，在这次中风之前，他是个最好看的老先生，脸上永远有一朵飘忽可爱的微笑，而现在，不装假牙的嘴笑起来像在做另外一种相反的表情。我才明白为什么有个朋友一去看他就流眼泪。我把台湾出的一本沈从文专卷杂志给他们，沈夫人说他们已有了，但很高兴能多有一本。给他捎一盒西洋参，还不知合不合适，沈夫人已连声说这个好、用得着，他总得要吃这个，都是托妹妹张充和买的。

来京之前便有中国台湾和美国的朋友托我向他致崇敬之意，我照述了。他笑——像苦笑，咕哝了一句话，意思是：后来多少年都没写了。我说：不能写自己想写的，就不写，最好。这样就不会有悔作。

谈到由小说《萧萧》改编成的电影《湘女萧萧》，沈夫人看过，因而有些意见。我说那电影已不是原来的《萧萧》了，更不是沈从文的。又记得沈老在一篇访问中说过：他觉得《贵生》那篇比较适合改编成电影。我便问他们：可知道《贵生》其实早已被改编成了电影？他俩竟不知道。于是我从 50 年代中叶林黛、严俊演的《翠翠》大受欢迎开始，讲到不久便再接再厉原班人马拍了下一部《金凤》，便是改编自《贵生》的，不过没有提原作沈从文，而且结尾也改了，成了贵生、金凤大团圆。我说得高兴，干脆把电影里的插曲也哼给他们听："咪咪嘛嘛……"金凤赶羊时自诉衷曲的歌，和"光棍苦、光棍光……"金凤、贵生打情骂俏的对口歌。顺便也提到了《翠翠》里最有名的那首"热烘烘的太阳往上爬呀往上爬，爬上了白塔，照进我们的家。我们家里人两个呀，爷爷爱我，我爱他呀……"真奇怪，小时候学会的歌，一辈子不忘。

沈老笑得像孩子，看看我又看看沈夫人，笑着喃喃说一些话，大约是"我们都不知道哪"一类的意思，夫人似乎非常习惯一边"翻译"他的话，一边讲自己的话，融合得天衣无缝。我想到黄永玉这么写他们夫妻俩："婶婶像一位高明的司机，对付这么一部结构很特殊的机器，任何情况都能驾驶在正常的生活轨道上，真是神奇之至。……没有婶婶，很难想象生活会变成什么样子，又要严格，又要容忍。她除了承担全家运行着的命运之外，还要温柔耐心引导这长年不驯的山民老艺术家走常人的道路……"

问他身体，沈夫人絮絮地讲，沈老便很合作地把右胳膊慢慢抬起，又缓缓垂下，告诉我这是他四肢唯一可以活动的部分。为他照相，建议他移坐在窗前，照顾他的男护士扶他起来，两人像角力似的互撑胳膊几秒钟，踉跄一下也就挪移过去了。从镜头里看他，忽然不忍照，真的不忍，在过去那些照片和影片里，他曾是那么好看的老先生……他忽然发话："我这样子，像巴金

与沈从文合影
（1987）

吧——"我一想，老先生们还真的彼此有几分相像。我建议他戴上假牙也许会更像些——更好看些。他固执地拒绝了，说戴上不舒服。我便快快地照了几张，好像拍慢点儿的话，自己就要改变主意了。

沈夫人忙着给我续茶水，因我夸那茶好喝。她说是沈老湘西家乡附近产的，名唤"古丈"。我临走时她细心地盛了一小罐送我。细细的嫩叶有些像碧螺春，泡开来叶子也不大发，回美国家中泡了喝，味道不及在他家喝的好，一定是水不对。那么，若在湘西喝该比北京更好了。

站起身来告辞。坐了一个多钟头了，早先电话中约好不多打扰他们的。而我究竟有没有打扰他呢？为什么来看他？他已经不能说什么了，他要说的早说在那几十卷集子里。而且，"真正的痛苦是说不出口的，且往往不愿说"（又是黄永玉的话），也不会对我说。那么，是只为了告诉他一句话？他又怎会在意？

我弯下腰握他的手，对着他的眼睛："在一本选集序言中您说：'我和我的读者，都共同将近老去了。'可是，您看，您的读者永远不会老去——"

我快快地走离那间屋子，怕会承受不住自己的激动。他还坐在那里面，在北京的一座高楼上，而哪里是他的湘西？他七十年前离开的凤凰？山城、白塔、神巫、水手、苗女、渡船的姑娘以及六十几年前把青年的他冻出鼻血来的旧北京城……这一切都已像一桩传奇。

在路对面等公共汽车，看着他住的高楼，估算着他的窗户是哪一扇。下午的斜阳依然热，这城的夏天这样热而冬天那样冷，而当年，二十岁的沈从文来到这里，"开始进到一个使我永远无从毕业的学校，来学那课永远学不尽的人生"——去读那读不完的"一本大书"……

原载 1987 年 10 月 11 日《人间副刊》

沈从文的长河

有人问过我：中国作家里，最喜欢的旅行文学作者是谁？我的回答是：沈从文。问的人似乎有些感到意外。

其实，沈从文的许多散文都是旅行的笔记，甚至还附了写生，整部《湘行散记》就是最精彩的旅行文学。正如他的妻子张兆和所说："沿途的山光水色、急浪险滩、风土人情，所见所闻，一一加以细腻描述……"而他很多介于散文和小说之间的故事也是旅途的风土见闻。

当他还只是个少年，就是沿着家乡的那条大河走出去看这个世界的。那条河上什么都有，是一个自足的世界，他不需要去五湖四海、大洋大洲。而他是个天生的旅行家，旅行文学家，他会观察、聆听、体念、同情。他说人生是一部大书。一条河就是教给他思索和体会人生的行旅之书。

1987年夏天，在他北京的家中我见到了沈从文先生，在他人生长河的最后年月里。也见到他的妻子——合肥张家四姊妹的三姐兆和。还在从一次中风复原的老人，虽然仍是那样谦和，但已无法再发出照片上那样温婉的微笑了。我感到说不出的伤心。我来晚了，晚了几十年，那条河以及河上的沈从文都已不再——他的人生已经走得太久，而且太远了，我无法把他放在北京那样的都市，他可以旅行到那里，但不是留下来终老。

幸而还有文字——但我认识他的文字也太晚。在台湾的年代读不到，到了美国补课30年代的作家，他也被湮没了许多年，迟迟才像出土文物般被发掘出来，让我感到相见恨晚的遗憾。

其实，算起来我小时就与他打过照面了——那是童年看香港电影的年代，林黛、严俊主演的《翠翠》和《金凤》，很多年以后才知道：竟然就是《边城》和《贵生》改编的！可是电影再也拍不出那份遥远、忧伤又带着野性的诗意：孤女翠翠在睡梦中听到美丽的山歌，灵魂乘着歌声飘上江边的悬崖半腰，顺手摘了一把虎耳草……

三十年后，当着他的面，我把小时候唱熟的、几十年也没忘的两首电影主题曲唱给他听。他咧开无牙的嘴无声地笑，我感到既欣慰又悲伤。

进来一个中年男子，也没跟我介绍，因见他帮着扶行动不便的老人站起来，我就以为是男看护。后来才知道是他们的儿子——是哪一个儿子呢：龙朱，还是虎雏？作家给儿子取的名字都是他笔下的人物、小说的名字，"龙朱"是俊美的白耳族的王子，"虎雏"是品貌出众勇猛如小豹子的少年。后来用作儿子的名字，多么神气又浪漫啊！然而那个我误以为是看护的沉默的中年男子，完全无法让我联想到故事里的龙朱或者虎雏。因为父亲后半生的坎坷，他们长大后都做了工人，而且许多年下来，选择了沉默和谦卑吧。

　　不到一年之后，这个来自湘西的老人就过世了。于是纷纷传说瑞典文学院已经决定了把诺贝尔文学奖颁给他，岂知他早走了一步……这些话对他还有什么意义呢？

　　他写了那么多，关于那条河的上上下下、河的两岸、被河养育的生命、生死离合的悲欢故事。虽然他的后半生远离了那条河，但是我们跟随他的文字回到西南，那些有神话传说的地方，乘船在他的河流山水人情中，水上和岸上的风景，歌声和人——他念念不忘的人：蛮勇的苗人、多情的水手、吊脚楼里细眉的妇人、唱曲的女子、摆渡的少女和她的爷爷，对之"怀了不可言说的温爱"的农民与士兵、军人、劳动者……他说过要用文字为他们建一座希腊小庙，里面供奉的叫"人性"。

　　他才是一位真正的旅行文学写作者，而且是最好的。他写的是生命的风景。

命运之杯

　　小时候家里的大人没有宗教信仰，不曾带我到寺庙教堂去烧香礼拜，因而对各类的宗教仪式并不熟悉。直到长大以后当成民俗文化去观察，才发现"掷筊"这个求神问卜的小小仪式很有意思。后来读到一篇关于掷筊的文章给了我很大的震撼，从此，每到庙宇看见供桌上那一对筊杯就有特别的感受。

　　虽然据说掷筊的仪式最早是来自道教，但一般民间信仰的庙宇里一定都有筊杯（不懂为什么那毫不具有杯状的对象叫作"杯"），木或竹制的新月形状，一般都漆成红色，一面凸起一面平坦，合起来正好是一对，视觉上相当有美感。求神问卜的人双手捧住筊杯，默祷之后掷到地上，若是一阳一阴，即筊杯在地上是一面朝上一面朝下，叫作"圣杯"或"圣筊"，表示神明首肯了所求之事。若是两个阳面，即两个平面朝上，称为"笑杯"，表示神明还未决定要不要准许所求之事。若掷出来是两个阴面，即两个凸面朝上，就是"怒筊"，表示神明不许可。

　　既然一阳一阴的组合有两种可能，"圣杯"的几率就是四分之二，也就是一半的机会了。不知这个规律是谁设定的，但二分之一的正面机会总大过不确定的"笑筊"或否定的"怒筊"——那两者都各只有四分之一。

但是，如果是攸关死生性命的大事，而那四分之一的机会是"死"，就会觉得四分之一的几率还是太大了。

我读到的那篇令我震撼的关于掷筊定生死的文章，是沈从文写的《辛亥革命的一课》，讲述他小时候湖南家乡一次失败的"辛亥革命"之后，城防军的反扑镇压行动就是恐怖的大屠杀。成千的农民，从四乡被莫名其妙地抓来，然后就糊里糊涂地被拉到河滩砍头。每天都有一两百人遭到处决，一个月下来，河滩上常常堆积着四五百个来不及掩埋的尸首。

到了后来实在砍不胜砍，连官府都有点寒心了，可是已经定调为"苗人造反"不能不剿，便想出一个"选择"的手续：把犯人牵到天王庙，在神前掷竹筊决定生死。掷到一仰一覆的顺筊，也就是"圣杯"，和双仰的阳筊，也就是"笑杯"的人，都当场开释。掷到双覆的阴筊，也就是"怒筊"，就拉去砍头。

那么短暂的瞬间、那么微小的动作，两块小到双掌合拢可以握住的竹片，生命却操在其中——说是你自己的手中也罢，甚至推给不可知的神明吧……其实是别的人制定了游戏规则，却给你两块竹片，说：你自己玩吧，用你的性命做赌注。那些无辜的农民很可能从未听过"革命"这个词，却是因这个莫名其妙的罪名枉送了性命。

四分之一的死亡机会，比"俄罗斯轮盘赌"的一颗子弹在六发枪膛里的六分之一机会大得多。然而，沈从文写道：那些"应死的"人，"在一分赌博上既占去便宜四分之三"，便也没有话说，低下头，自己向死亡走去。

当时才九岁的沈从文，目睹了那样残酷、愚蠢而且荒谬的情景，学到如此惨烈沉重的一课，长大之后竟然是个极温婉柔和的写书人，他的文字里充满对小人物的关爱和悲悯。而我自从读到这个故事之后，每当看到那对新月形的红色筊杯，总会想到那四分之一的几率：命运之杯。

辛亥革命一百年——无数真正是为革命而牺牲的先烈志士，他们用青春鲜血和性命争取的，就是一个不再以那般荒谬残酷的法则来对待生命的世间吧。

从文让人

夜里下起淅沥淅沥的雨，到凌晨时分仿佛稍稍停歇了。在沈从文的故乡凤凰听到雨声，怎能不想到这样的句子："且为印象中一点儿小雨，仿佛把心也弄湿了……"

这天要去沈从文的墓地上坟。不过沈从文写上坟用的词是"挂坟"，因为湘西人上坟有在坟上挂纸彩球一类的祭奠物的民俗。我在沈从文墓上"挂"的却是个小花圈。

早就注意到大街小巷里常有小贩捧着一个扁平的大簸箩，里面是鲜花和草叶编成的花冠，多半是中年妇女，做买卖的同时，她们的双手还是不慌不忙地编串着篮子或簸里的花叶。五彩缤纷的花冠很受姑娘们的欢迎，一路看到不少年轻女孩戴在头上，比什么发饰都亮眼。

这天一早出门，从河边第一个遇见的卖花妇人买了一顶新鲜的花冠。我一路戴着，同行的三位湖南乡亲大概有点儿奇怪、我怎么效法起年轻姑娘来了，但很礼貌地夸了好看。直到我将花冠摘下来挂在沈从文的墓碑上，他们才明白了。

我们来到沈从文的长眠之地——距离凤凰县城仅一公里的一处幽静的山麓。山名很雅，叫"听涛山"，附近还有个"凤凰第一泉"——凤凰本就多清泉。从刻着"沈从文先生墓地"的大石牌旁拾级而上，先是有一间兼卖纪念品的书店，店前又是两块石碑：一是注明"湖南省省级文物保护单位"的"沈从文先生墓地"碑；旁边并立的石碑则是对沈从文墓地的简单说明，并提及沈夫人张兆和的骨灰2007年亦埋葬于此。再过去还有一块大黑石碑，是"沈从文先生墓地简介"，1992年清明立——他去世四年后墓地建成。正感到有太多的官样文章，还好，再往上走几级就看见一块瘦长的直立碑上，黄永玉龙飞凤舞的草书：

一个士兵要不战死沙场便是回到故乡

黄永玉用"士兵"做象征是有深意的。"对于农人与兵士，怀了不可言说的温爱，这点感情在我一切的作品中，随处皆可以看出。"沈从文在《边城》的题记里如此自道。十五岁，只有高小学历的一文不名的男孩，参加了部队，做了一名小兵，他以此自称，还用"小兵"做过笔名。

离开家乡的沈从文，他的文学作品带给他名声，却在政治气候肃杀的年代带给他灾祸。50年代初便被"极左"文人无情诋毁批判，要他接受"改造"，那时的沈从文万念俱灰，甚至试图了断生命。若不是自杀未遂，便早已横死"沙场"了，却连一"战"的机会也不曾给过他。作为一名幸存者，沈从文告别了文学，一头钻进一个相对安全、安静又与"美"相关的领域：他研究起中国古代服饰史，而且成绩斐然。然而对一个毕生将写作当成生命的一部分的人，他心中能没有最深沉的憾痛吗？

黄永玉从少年时便熟读表叔沈从文的文章，中年后目睹表叔遭逢的劫难，始终是满心的理解与关爱、崇敬与不忍。那些政治风暴带来的横逆与屈辱，加诸一个淳朴温婉的写作者身上，造成了难以想象、难以言说的折磨与苦痛。沈从文自己不愿写，黄永玉不忍多写，只有轻描淡写，浓浓的伤痛化进淡淡的、收敛的文字里，格外令人动容——而那正是沈从文的文字风格："好与坏都不要叫出声来。"何况，黄永玉写道："真正的痛苦是说不出口的，且往往不愿说。"

小小年纪就离开家乡，沿着江水渡过洞庭湖到外面的世界去"翻阅另一本大书"，最后，这个凤凰人终于历劫归来，而故乡人总算张开双臂迎接了他——他的骨灰。

墓碑是一块将近两米高、据说有六吨重的天然五彩石，未经打磨雕琢，全然本色。石碑正面是沈从文的手迹："照我思索，能理解'我'；照我思索，可认识'人'。"背面是张兆和的妹妹、书法家张充和撰写的挽联："不折不从，亦慈亦让；星斗其文，赤子其人。"四句悼词的最后一个字连起来就是"从文让人"。

碑前地上有花篮、花束、花圈，还有几顶花冠。我将头上戴的这顶摘下，恭谨地挂到墓碑的左上角，看起来就像那块朴实的巨石戴上了一个小小的、美丽的花冠。这才是"挂坟"啊！

我的手指轻触着沁凉微湿的碑石，指尖抚过镌刻的文字，忽然一股无法克制的激动如热流从心头涌出直上双眼。我急忙走到

沈从文墓碑

"一个士兵"碑

墓碑背面张充和题字

墓石背面去，不想让人看见我的失态。

　　情绪平复下来之后，我在墓碑对面找到一块平坦的石头，坐下来打开写生簿。当年沈从文回乡时在船上作了不少素描写生，就画在信纸上，文字加图像的家书，一道寄给远方挂念着他的妻子。虽然他随身带了相机，但那个年代底片太珍贵，他舍不得照风景，要留着回到家乡给家人照相。我的数码相机虽然没有张数的限制，我还是要为这块碑石画一幅写生，不为画得像，为的只是细细观察记录那石上的皱褶、线条、凹凸、起伏、青苔……这样我就会牢牢地记在心里了。

　　游客们走过来，多半好奇地看两眼就走开去，却有一个戴眼镜、气质温文、大学生模样的年轻女孩一直站在旁边看我画。伴我同行的杨老师搭讪着问她"你也画画吗?"女孩说不会,"我是学中国文学的"。

这就引起了我的兴趣,便停笔抬头问她:"那你对沈从文的作品一定很熟悉了?"她说是的,沈从文全集几乎都读了。

我对这位萍水相逢的女孩说:"我也是他的读者。……许多年前,我见过沈从文先生的。"

她睁大眼睛,似乎想说什么又没说出来。

我画完起身离去,女孩跟过来,鼓起勇气似的问我:"请问,你是不是从国外回来的?"

我反问:"你怎么知道?"

她说:"我看你坐在那儿……我注意到……"她的脸渐渐涨红,然后眼睛也红了,"我注意到,你在哽咽……"

我很吃惊,没想到一个陌生人竟然会远远地注意到我表情的微妙变化,其实我一旦开始作画时,情绪已经平静下来了,她是怎么看出来的呢?

她看出来了。因为沈从文,我和她,异时异地、全然陌生的两个女子,在一个文学灵魂的墓前,有了短暂的交集、心灵的相通。即使这位作者是上个世纪的人,即使他已经去世将近四分之一个世纪,即使天各一方,在这里,这一天,我和这个女孩相遇,没有真正的交谈,然而我们的感动和契合已经超越一切。因为他的书,因为沈从文的文字。

墓碑斜后方又有一堵半人高的石牌,上面刻了张兆和为《从文兆和书信选》一书写的"后记"节录，是她娟秀的手迹，写的是沈从文去世后，她整理他的遗稿时触发的感动和悔憾。其中几段话尤其坦率到出人意料，令人心为之一震：

> 经历荒诞离奇，但又极为平常，是我们这一代知识分子多多少少必须经历的生活。有微笑，有痛苦；有恬适，有愤慨；有欢乐，也有撕心裂肺的难言之苦。……
>
> 我不理解他，不完全理解他。后来逐渐有了些理解，但是，真正懂得他的为人，懂得他一生承受的重压，是在整理编选他遗稿的现在。……他不是完人，却是个稀有的善良的人。对人无心机，爱祖国，爱人民，助人为乐，为而不有，质实朴素，对万汇百物充满感情。

最后一段更是耐人咀嚼：

> 太晚了！为什么在他有生之年，不能发掘他、理解他、从各方面去帮助他，反而有那么多的矛盾得不到解决！悔之晚矣。

表面上是妻子对结缡六十载的丈夫的忏悔，但读着读着，却越发感到也是对那些埋没他、不理解他、不帮助他甚至还要用矛盾伤害他的人的控诉。

如今还能说什么呢？斯人已去，他的一生的悲欢爱恨，尤其后半生遭受的"撕心裂肺的难言之苦"都已经发生过了、承受过了。这些石碑，这些铭记，地上的花朵、凭吊者的眼泪，对他都来得太迟了。

一时还不忍离去，便在听涛山的小径上漫步，眺望缓缓流逝的沱江水。雨后的山林愈发葱翠，想到沈从文在1956年那次回乡，给妻子的家书中说："凤凰地方也好看得很，因为一个城市全在树木中……"如今，至少他俩一同长眠在这些好看的树木中，再也没有矛盾，再也没有难言之苦，再也不会分开了。

2012年7月，记5月的湘西之行

人间风景
——读黄永玉《太阳下的风景》及其他

一

黄永玉的人物画不多，但他用文字写的人多——几乎可以说，全是写人。

认识一个人本来就是很难的事。要自己先认识了，再用短短一篇散文写出来，让读的人认识，且会产生同情与不平、喜爱与共鸣。这也就要亏得黄永玉擅长速写，几笔一勾，那些人就出来了——敬爱感佩的人、萍水相逢的人、喜欢的人、怀念的人……

正由于认识一个人是很难的事，我根本不能说自己认识黄永玉。三年前由一位我和他共同的朋友引见，到他北京的家里坐了半个下午，听他聊了半个下午的天——也就是说，基本上是他讲，我们听。

后来每回想起黄永玉，就是那个冬日下午的情景，坐在我对面的覆着兽皮的沙发椅上的模样：闲闲地抽着烟斗，闲闲地讲故事，一个接一个，忽地停一下，咧嘴一笑。

那忽地一笑是最莫测高深的，一种可以用"纯真无邪"这样的滥词来形容的笑容，盛满在咧开的嘴和睁得大大的眼睛里，出现在一张明明是属于中年的却有着可疑的稚气的脸上……咳，也许那一笑只不过是一段话最后的一个句号吧。

他说了半个下午的悲哀的故事。中间夹插着笑话。每每方才笑完，他噗噗抽两口烟斗，又用极闲淡的语言和语气讲起另一则美丽而哀愁的故事。我的情绪被他牵着大起大落，加上忙着记在脑里（故事都太精彩了，却不好意思掏出小本子记，只好努力贮存到记忆里），以致那天出他家门后简直精疲力竭。

再也忘不了那些故事：一群在长江渡轮上遇见的回乡过年的四川女孩子，聊天中无心透露出惊人的贫苦（后来写出来，便是他集子里的《江上》那篇）；湘西小山村里的弟弟，六年里与一个一年见一次面、却未交谈一言的女孩子的"恋爱史"；一个在峡谷里替公社摆香烟摊的老头子，被人骗了两块钱，想不开自己上吊而死；一个容貌极美的苗族绣花女子轰轰烈烈的传奇……他有讲不完的亲见亲闻的事——奇的是：这些事偏也撞上他。

他也复述别人的故事。讲沈从文先生的短篇小说《丈夫》，娓娓地用他自己的话讲。我从前也读过那篇小说，并没有太深刻的印象。然而听他讲了，回头找来再读，方才读到心里头去，刻了板一般，再也忘不了了。

三年后又见到他。也是一个冬日下午，也是由一位我和他共识的友人陪着去，也是坐在客厅的一张沙发椅上聊了半个下午的天。不过不是在他北京家里，是在香港。

正赶上他从德国办完画展回来途经中国香港，也正逢他的散文集《太阳下的风景》和三本有话有画的《永玉三记》——《罐斋杂记》《芥末居杂记》《力求严肃认真思考的札记》刚由香港三联书店出版之时。于是，一边随他翻着集子指指点点地叫我看这段看那段，一边忙着笑，一边还要听他的故事——当然还有说不完的故事。

在北京拜访黄永玉
（1981）

那三本《永玉三记》令人产生的笑有捧腹大笑、拍案骇笑、窃笑、苦笑、想想才笑、笑完还笑等诸种效果。我正笑着笑着，忽然笑不下去了，因为听见他正在说：

"……你知道'文革'时候最最狠毒的咒人的话是什么吗？——'叫你娘老子给你出子弹费！'……杀了人还问他家人要子弹费，人世间还有比这更狠更惨的吗？"

喉咙里仿佛堵着一团什么，一直哽到胸口，久久散不去。

他那边厢，却已从今年是鼠年讲起笑话来了：

"从前有个县官，属鼠的。一天过生日，拍马屁的下属铸了只金老鼠送他。他很高兴，告诉下属说：'下个月夫人过生日，她呢，是属牛的……'"

二

很多人以为散文好写：反正春花秋月，忆古思今。长的加点逻辑性和故事情节可成小说，短的分列成行便可作诗。在这样不幸的信念下，导致无数的散文读时如出自同一人手笔，读后便永远遗忘。

黄永玉的散文，却有一种独特的风格，就像他的画，一看就知道是他的，不是张三李四的。

对他散文的第一印象有点像对他本人的第一印象：短小而精彩。

他的文字很精简，因而读过去有一种爽脆的味道。很多处看似闲散，其实语句和意象都很浓缩（有点像一种画风吧）。在没有堆砌矫饰的、潇洒无心的精简的文字底下，却分明有一份极唠叨又缠绵的妩媚情致，因而往往把那种爽脆（有时甚至颇带着点辛辣）点化成温柔了。

散文集的打头第一篇《乡梦不曾休》，是一篇极短的小文，却把对故乡的情盛得满满。寥寥数百字，像一方小水塘，映着无际的天光云影：

> 故乡是祖国在观念和情感上最具体的表现。你是放在天上的风筝，线的另一端就是牵系着心灵的故乡的一切影子。唯愿是风而不是你自己把这根线割断了啊！……

集子几乎有一半是记好友的。其中怀廖冰兄、聂绀弩、黄苗子、刘焕章几篇最感人，读时无法不被他文字的情感牵着走，不能自已地感到淡淡的悲哀或深深的惋惜，却还要时不时被他板着面孔的俏皮引得发笑。读他的文章，往往是一件啼笑皆是的辛苦事。

写书法家黄苗子：大劫之后二黄重逢，黄永玉邀黄苗子去他家看他几年来的作品。黄苗子说可以骑自行车去："于是搬出了车子，忽地跨上车座，忽地又从那边摔了下来。原来他从来没骑过车。"一个好脾气的、乐天的、随和善良的艺术家，吃苦而不诉苦，"那么好兴致地对待一切"。然而，"以后的日子越来越少，想到终有一天好朋友都将真正地分手，想到那漫长的被浪费掉的日子，不免怆然……"（《货郎集》序）。

写漫画家华君武的一篇，顺笔提到相声大师侯宝林："有次我问侯宝林教授为什么不批评服务态度？他沉吟地说：'不忍心。三四十块钱一个月……'"几句话，他让我们看到幽默风趣底下的同情与宽厚。

写漫画家廖冰兄（《米修士，你在哪里呀！》），充满了感念和期望，写出了朋友的可爱，也写出了对朋友的鼓励与鞭策。读到廖冰兄在香港的人满为患的斗室中夜半哄孩子，"唱着可怕的催眠曲"怎么忍俊得住；还说"鸭子要成为作曲家，恐怕比他（指廖）要容易得多"。但一句"他把人世间壮丽的慷慨处理得那么轻率而潇洒"又是多么庄严的赞词。

《往事和散宜生诗集》写老诗人聂绀弩，是几个怀友篇中较长的，也是最沉重的。且看这段话："我曾经向一位尊敬的同志谈到绀弩，我告诉他，不要相信我会说如果他得到什么帮助的话，将会再为人民做出多少多少贡献来，不可能了，因为他的精神和体力已经被摧残殆尽。只是，由于他得到顾念，我们这一辈人将受到鼓舞而勇敢地接过他的旗帜。"读后只觉得有些不能挽回的东西流走了，剩下的是劫后余烬般的思忆。"绀弩已经成为一部情感的老书，朋友们聚在一起时一定要翻翻他。"黄永玉为我们节录了这部"珍本"的几页，这样丰富，却是这样出奇的沉重。

还有写萍水相逢的人。像《江上》，读了的人大概都会深深祝福那几个可爱的四川女娃儿，希望她们今天都穿得上新衣裳回娘家，捎的礼也不会再是一捆柴火了。《画外一章》里记丧偶的医生，人生在世无可弥补的缺憾，被他用淡水墨画出来，不经意似的洇在纸上，却像淡淡的泪痕。

压卷之作《太阳下的风景》，副标题是"沈从文与我"。我觉得这是集子里最好的一篇。记的是他的表叔沈从文先生以及他们这叔侄俩所共有的一个美丽而坎坷的世界——童年故乡的回忆、少年的流浪、青年以后与沈从文共度的日子、劫难的岁月……他自己、湘西的故乡、沈从文，成为浑然不能分写的一体。这不是一篇哀愁的回忆，却比哀愁更牵动着你的心绪。他写得含蓄，却让老人的形象鲜明起来，连沈从文笔下已渐邈远的湘西也鲜明了起来，老人就在那超越时空的故乡背景前，那面对任何横逆时似乎总也在笑眯眯的脸孔，那逆来顺受下的执着，"凡事他总是想得太过朴素，以致许多年的话不知从何谈起"。他这样写沈从文的文学"敛羽"。

他写沈从文少年时离乡背井到北京，郁达夫在冰天雪地中来见他、请他吃饭；写少年的黄永玉傍晚在上海的马路上，就着街灯，一遍又一遍读着沈从文写家乡的长文，泪水沾湿了报纸；写孩子眼中的慈爱的"爷爷"；写老人吃馊饭不生病的"妙方"；写巴金先生来访的小事；写……

但是，他说："真正的痛苦是说不出口的，且往往不愿说。……描述总有个情感能承受的极限。"因此，他并没有写太多劫难岁月的事，几十年的风景像一组组静态的镜头，静静的花落水流，在这篇极美的散文里。

这是黄永玉在文章里借用沈从文的话："美，总不免有时叫人伤心……"

三

散文集里也有画论——读者在欣赏他的文字之际，才不至于忘了黄永玉其实也是个画家。

各行艺术，在某些层面上是可以相"通"的，因为到底最终目的是欣赏者的美的感受。《艺术的空间功能》那篇，从戏剧、电影、音乐谈到绘画，围绕着"空间"——如距离、留白、"似断而续"——的艺术效果，举例形容、叙述，本身就是一篇很可读的艺术散文。像记内蒙古老人唱歌的那一段：

> 粗哑低沉的歌声称赞着他的枣红马。他那么爱那匹马。他仰着身子，两眼闪烁着老人的微笑，唱着，唱着，调子越来越高，越来越细，像百灵鸟带着歌声，盘旋着，飞到天穹去。只剩下蜘蛛丝似的一点声音。后来，声音没有了，歌还在继续……
>
> 大家都静心谛听。老人仰着头，双手撑在盘着的腿上，一动不动，张着嘴——摇着脑袋让无声的歌在空中回荡……慢慢地，歌声又逐渐从被他引导的高空出现了，慢慢地下

降，越来越清楚、明确，人们又缓过了气，活跃起来。老人继续地唱着——

从几篇谈他自己"习艺"的历程、谈同行友好的文章，可以看出他对艺术的执着、虔诚与谦虚——虽然他本人并不太给人以谦虚的印象（本来，谦虚的艺术家就是极难得见到的）。对同行友好的关怀与推崇叫人看了心里愉快："没有比看到朋友的成就更高兴的了。"（《南沙沟札记之三——鬼手何海霞》）没有以"批评"为名的排挤与践踏，只有欣赏、感激与思念以及更高的艺术要求。

散文集里也收了几篇早期（50年代）的作品。看得出来，那时他是衷心地欣悦，为着新社会对青年艺术工作者的照顾。然后他到东北大森林去"体验生活"，写了几篇森林的"报告文学"，很亲切可爱，可是，不知为什么，总令人觉得比起后来的文章来，少了点什么……

是的，人生的几遭大劫，岁月的增长，"看山不是山、看水不是水"的心路历程……经历这一切之后，他对爱和恨的对象都有了深厚的、另一个层次的了解与体会，不再是如从前的泛泛了。

但黄永玉一点也没有老，这从他时时忍不住写写就"有气"可以看出来。他还忍不住要刺一刺，刺之不过瘾，便要直骂。也正因为刺起来会那么痛、骂起来会那么快的"痛快"之笔，写到要赞美的、带了感情的人或物，就立即变得那样华丽庄严，亦喜亦悲。

他自己也知道。在写沈从文的那篇里，他引了契诃夫的话（本是用来赞扬沈从文的含蓄之美的）："好与坏都不要叫出声来。"这道理他当然懂，但当然更常有忍不住的时候："搞艺术

的，不感情用事一点，没一点激情，能弄得出什么来呢？"（《南沙沟札记之三——鬼手何海霞》）

正因为这样，他令人觉得这颗心还年轻，还在不住地跃动着。对一个艺术工作者来说，这是比什么都重要的。

四

《永玉三记》是一种很少见的形式的书——亦话亦画，不能称之为"画册"，因为文字显然更精彩，但怎能想象没有那些可爱的配画呢？

《罐斋杂记》原来就是有名的"动物短句"，有好几则以前零星看过——看过就没法忘记那种浓缩的俏皮和寓意。

有些是纯粹的诙谐：

> 母鸡：我创作了，我抑制不住兴奋。
>
> 公猪：天天结婚，无须离婚。
>
> 小老鼠：我丑，但我妈喜欢。

有些是尖锐的挖苦：

> 蛇：据说道路是曲折的，所以我有一副柔软的身体。
>
> 羊：我勤于检点，以免碰坏人的大衣里子。
>
> 长颈鹿：我在上头吃惯了，俯下身来时颇感不便。
>
> 比目鱼：为了片面地看别人的问题，我干脆把眼睛长在一边。

有耐人咀嚼寻味、颇具哲理的话：

> 蛾：人们！记住我的教训，别把一盏小油灯当作太阳。
>
> 雁：欢歌历程的庄严，我们在天下写出"人"这个字。
>
> 蚌：软弱的主人，只能依靠坚硬的门面。
>
> 珍珠蚌：一个小麻烦，带来一个大麻烦。

还有诗般的句子：

> 燕子：一枚远古的钥匙，开启家家户户情感的大门。
>
> 萤火虫：一个提灯的遗老，在野地搜寻失落的记忆。
>
> 蝌蚪：童年的瞬间。
>
> 海星：海滩上，谁扔弃一个勋章在呻吟。

《力求严肃认真思考的札记》，书名故意起得如此啰唆，毫无"空间功能"可言，里面的话却是用最精简而又有弹力的语言，来给予日常生活中最寻常的事物下一些不寻常的定义。比如：

> 仇敌：往往是热恋过的情人。
>
> 遮羞布：愤怒的时候，随时扯下来当武器的东西。
>
> 迎客松：像上帝一样，它无处不在。
>
> 笑：哪个时代成为奢侈品，哪个时代就危险了。
>
> 干杯：一副自我牺牲的悲壮表情。
>
> 鞋：几乎跟婚姻一样神秘，舒不舒服，只有脚趾头知道。

《芥末居杂记》以半文言文仿古人札记，"记"的却是他阅尽世事之余痛快的挖苦。且录两三则短些的"样品"：

剧场失火，观众争相奔赴太平门，践踏挣扎，水泼不漏。一人从容踩群众头肩而过之，曰："人无争挤慌乱，吾何来如此高度？"（《乘火者》）

乾隆微服游江南返，闻一画人以此为题画之不休，召之来问曰："朕游朕的，你嚷什么？"画人曰："靠皇上赏口饭吃。"乾隆曰："好！阉了做我太监吧！"（《乾隆游江南》）

一鸡舍食槽而觅于鸵鸟粪堆中，食之有声。鸭见奇之。答曰："鸵鸟粪有进口货味也。"（《奇癖》）

"三记"里不少话是有"典故"的，对中国近代、现代政治社会情况若是不熟悉，有些便似乎需要注释才行——然而若一经注释，肯定韵味顿失，盖其多为只可意会、不可言传者。

可以想象这位艺术家，衔着烟斗作画时（或看似闲着时），脑筋可是开动个不停，"力求严肃认真思考"，想出这许多"清、奇、古、怪"（他的一篇散文题目的上一半）的名堂、典故、故事、笑话、格言、寓言……

五

一个湘西小山城里的孩子，十二三岁时就离乡背井、穿过洞

黄永玉赠李黎画《图穷》

庭湖，去一个充满不可知的广大陌生的世界流浪，"翻阅另一本大书"——人生的书。几乎半个世纪过去了，这本大书他阅历得也够多了，温暖与悲凉想必都已尝尽阅尽。当六十岁的艺术家把烟斗从嘴上取下来，然后咧嘴一笑，你真会以为时间向他开了一个大玩笑，眼前该是那个半世纪前在湘西凤凰县文昌阁小学课堂里被叫起来问"黄永玉，六乘六等于几"的孩子。

这世间给了他这许多好风景，他领会了，记下了，然后用笔墨回报给这世间。

多好啊！

1984 年 4 月于美国加州，

原载《读书》1984 年第 9 期

［丁玲］

　　丁玲（1904—1986），原名蒋伟，湖南临澧人，中国现代著名作家、社会活动家。文学代表作有《莎菲女士的日记》《我在霞村的时候》《太阳照在桑干河上》。1949年后担任各种文学、社会要职。1955年后遭受政治迫害，被划为"反党小集团"，下放黑龙江农垦区。1984年获得平反。

1979 年秋天见到丁玲时，她刚从北大荒回到北京不久，"尘满面，鬓如霜"，却依然有一股掩饰不住的、几乎是神采奕奕的气概。她挂上写字板给我看她是如何克服腰疼站着写作，三十年下来印象依然极深。两年后美国再见，她虽然神情愉快但显得有些疲倦，毕竟有病在身而且人在长途旅行后。然而回国后她还是那样有声有色地活跃。虽然为我的小说集作序，后来每次去北京却没有想到要去看她。许多年过去，却是一次延安之行，在集体照片里看见她的影像而再想起她。直到今天，对于丁玲还是有各种说法的后人评价，但几乎全都是集中在她后半生的，而我记住的却是那个我从未遇见过的、大眼丰唇的"五四"女子——莎菲女士。那个我未曾参与的年代的女子，才是我心目中真正的丁玲。

"今生辙"

——访丁玲

叶圣陶《六么令》：

> 启关狂喜，难记何年别。相看旧时容态，执手无言说。塞北山西久旅，所患惟消渴。不须愁绝。兔毫在握，赓续前书尚心热。　回思时越半纪，一语弥深切。那日文字因缘，注定今生辙。更忆钱塘午夜，共赏湖头雪。景云投辖。当时儿女，今亦盈颠见华发。

十年前刚到美国不久，我一进了大学的图书馆就找中文图书室，找着了就躲在里头读遍 30 年代作家的作品——在台湾时想读而读不到、不敢读的。

就在那时，第一次读到她的书，也是第一次见到她那帧印在书的扉页上的照片。

照片中的她在四十岁到四十五岁之间，肩上披着花围巾，笑得非常爽朗。一双眼睛也是爽朗而清亮，不像中年人的眼睛——那眼神简直是属于少年的，或者赤子的。

一直记着那双眼睛。在所有关于她的传闻、毁誉、褒贬的纸堆中，在生死下落不明的谣言中，那双眼睛似乎总还在那里亮着。

终于她又回来了，像复活者重返人世。于是看到一张她在飞机场照的相片，"尘满面，鬓如霜"。风吹着她满头白而直的头发，像一匹鬃鬣戟张的冬之狮。

一

门开处，是一位白发萧萧的老太太，穿着翻领深蓝外套，身躯厚实，略略有些胖，仰着面孔看着我。一两秒钟里，我无法把眼前的老太太与那两张照片中的丁玲联想在一起。

不记得是怎么开始的了，介绍，称呼……然后，她笑了。这一笑，那双眼睛就回来了。那双圆而亮的眼睛，爽朗而清澈的眼神，超越了时空与岁月，一切的颠沛与磨难，都没有写在那双眼睛里。那是一池不干涸的活水，几十年的春夏秋冬和风霜雨雪来而复去，依然还是那一潭天光云影。

我认出她了，虽然这是今生头一遭见她。

那是 1979 年 10 月中旬。北京的秋光很亮丽。人家告诉我：丁玲可能见不到了，她身体不好，在医院里休养。我听着这样的消息，望着窗外美丽的却正在凋落的树叶，感到十分怅然。可是在离京的前一天，还是见到了她。那时她住在友谊宾馆后侧的一座楼里。像个公寓房子，我拾级登上水泥楼梯，找到一扇门，敲门。我可以听见自己快速的心跳声。

门开处，她站在那儿。她的身后站着她那几十年共患难的知心伴侣——陈明。

二

刚开始时有点聊家常的味道。我把带去的两份外边写她的文章给她看。她和陈明比较着几帧近照的好坏。她喜欢与小孙子合照的一张,亮光照着她的银发闪闪生辉。我说喜欢她与陈明相视而笑的一张,为的还是那双眼睛,和一对患难夫妻莫逆于心的神情。

这些报道和我的造访引起她一些意见:她认为外间太把眼光放在他们老一辈作家的身上,而忽视了一批她觉得应该重视的中年作家。她说:

> 有一批作家,是抗日战争时期到解放区、延安、敌后去的,那时才十六七八岁,参加新四军、八路军当小鬼、宣传员,各种工作都做,生活基础比我们都深。我也是抗战前上延安的,但在群众中的生活基础不如他们,因为那时我已经是个作家了,我下去时的方式常是以一个作家的方式。而他们是群众里的一员、一个兵、一个普通干部,接触面广。
>
> 这些人多数是些初中生或高中生,丢开家庭跑到延安去,起码先决条件就好——感受了民族的灾难。可是这些人的作品常常不为外面所知。外边总是重视老一代、成了名的,而这批人却不大被知道。他们现在才五十岁左右,有生活经验,解放以来的三十年也在各个岗位上。在现在这上下青黄不接的时候,他们是一股力量。

她提到几位这一辈的中年作家:

像魏巍，写《东方》和《谁是最可爱的人》的，过去写诗，在晋察冀的时候就有名了，全国解放后跟着部队去朝鲜，以后一直在部队工作，现在是北京军区文化部部长。像胡可，是个剧作家，电影《南征北战》就是他写的，他在部队里写很多剧，都是演出的，现在是总政文化部副部长。现在写得很多很好、很有名的白桦，也是部队出身的。还有像柳青，1936年就到西安编杂志，一直朴朴实实在农村。马烽文笔纤巧活泼，用章回小说体写《吕梁英雄传》。……这一大批外面都不大知道，一谈起来还是谢冰心、巴金、丁玲，他们被我们压住了。实际上解放后撑台的是他们。

我自己是喜欢这些人的。也许现在不太时髦了，他们的作品反映斗争，现在好像已经过去了。但是有一样东西是永远时髦的：可爱的人物，爱国的、忘我的精神，这样的人物永远时髦，我们国家需要，即使外国也需要。

她又称赞了魏巍的《东方》，认为是文学史上占重要地位的一本书，将来的人没有办法再找资料来写这样一部从生活中得来的作品。恋爱的场面也写得很感动人。

"因为生活简单化，我们写恋爱也太简单化，写得不好。所以看到《东方》写恋爱觉得很珍贵。"她说。

三

于是谈到了"生活"。她说：

一个作家，要是没有生活，就是飘在生活上面了，把笔杆当魔术。所以我喜欢有生活的作品，反映的感情比较多。有人一听讲"为工农兵服务"就头疼，可是我们百分之八十是工农兵啊。但要说只有写他们才是为他们服务，这也未免太狭隘。工农兵也需要了解知识分子嘛。所以我也鼓吹《第二次握手》这本书，因为专家、科学家也该写——从前全写成反派，多荒谬！——所以"为工农兵服务"也就是为最大部分的人。

从这里，她说到了"塞北山西之旅"几近三十年的感受。

我被迫到底下去，时间很长——二十多年在底下，五年在牢里——但是觉得在底下舒服些，那里的关系没有掺杂社会上一些脏的、旧的东西，而是纯洁的东西。……当然，农村里落后的有，但很容易原谅，是旧社会给它的，例如迷信。有很多是很纯洁的，比较能够没有自己。

我个人在底下二十多年，我靠什么来营养我呢？我靠底下这些人对我的关系。他们不管你是不是在上层社会，有什么亲戚。我的儿女不是势利，但他们必得和我划清界限，否则就得跟我一起当右派。我也希望不来往，不害他们。我在北京谁来理我？成天一个人。谁来也负担很大的危险。

可是到老百姓那儿去，谁也没有把我看成坏人。他们只知道我是个作家，一定是犯了错误、戴了帽子才下来的，但他们不管这个，他们只管眼前，眼前看你表现是好人还是坏人，是好就跟你说话，是坏就不理你。只有底下的人民才有这种感情。"文化大革命"之前他们对我也很好。我工作做得好，干部不敢说我好，因为右派不能表扬，可是老百姓看我工作好就说好——"难道没有个是非了吗"？还说，为什么不摘帽子？他们就敢说。这就只有在底下才能碰得到。

四

陈明提到有一位读者来信，信上说："丁玲的作品没看过，只知道是个大右派。最近看报上说你又出来了，大概是被平反了。可是在我思想里，你还没有平反。后来看到《人民文学》上介绍你写的《杜晚香》，我基于一份好奇心和求证的心理，看了这篇文章。我看了三遍之后，在我的思想里给你平反了。"

她静静地听完陈明的转述，不无感慨地说：

没看到一个作家的作品，只看到骂他的东西，怎会不相信？有人觉得改正错划就算了，事实上不容易把过去的印象扫光。……不过我也不管了，能写、写了有地方发表，就行了。

我问她二十年不写东西，怎能笔仍不锈，功力还在？她说：

我还觉得力不从心——

陈明却抢过去笑着说：

她下去喂鸡时也是全心全意喂鸡，实际上是"战略迂回"，还要为了写作——体会生活、人物。但这要很大的耐心，因为不能马上写。

　　她也笑了，但随即不胜悯惜地说：

　　"浪费的时间太多了。"她重重地拍着自己的膝头："浪费的时间太——多——了！"

　　我问："经过这一切，可是你的信心却最坚强。请问这份信心是从哪里来的？"

　　陈明说："原来也没有失去。一直没有失去过。"

　　我看看他，又看看她。忽然，她笑起来，说了一句没头没尾的话：

　　"……说我们两个人……"一直笑个不住。经过一番解说我才明白——两个人患难中相爱、相扶持的力量……

　　她停住笑，敛容肃然道：

　　说实话，实在是苦。……这些我过去不大喜欢讲，最近有一批"老同学"（同一个监牢的）、老专家，开座谈，说一定要把这段生活写出来，来教育现在的年轻人。

　　最近，邓友梅在文联的座谈会上说："这么多人被打下去，他们这十年的生活没有人知道。可是二十年后出来了，没有几个是被打倒的，都出来好好工作，朝气蓬勃、为四个现代化拼命努力。世上有这样的事吗？我们应当引以自豪。"

我说："这大概是中国人特有的坚忍与耐力。换上别的民族，恐怕……"

她接下去："恐怕就不行。我自己就感觉宁可在底下当右派劳动，尽管苦，其中还有乐。要我跑外国去，也许人家会当宝贝，拿我做具体的反动标本，但我才不去呢！"

一个人含冤数十年是什么心情？她说：

> 刘少奇的谈"修养"挨了批，可是里面有两句话给我很大帮助，大意是：一个共产党员，就是挨了冤枉，也应该挨得起。一个信仰是不容易丢掉的，一旦相信就会坚持。还有，是我们民族有这气魄——我们的老祖宗是抬着棺材上告、谏皇帝的！我们从小就听这些故事、看这些戏。

五

谈到她现在的写作，丁玲说：

> 我现在写《在严寒的日子里》这个长篇，一个钟头写几百字。要戴眼镜写，戴久了眼睛不舒服。有白内障，但不能开刀。吃药也只是让它恶化得慢些。勉强啊，老牛不太能耕田，还是耕吧。

我有些黯然，便换个话题请她谈谈青年作家，她说：

> 年轻作家写的东西得要深一点。他们生活体验不够多。

像刘心武，《班主任》写得比较好，《爱情的位置》就差了，因为不是那么简单的一个女同志不懂爱情就要物质的问题。这是社会问题。而这社会问题里还有个基本的问题——经济问题。没办法嘛。特别像在农村。现在没有一千元娶不到媳妇。我问好几个在农村的女孩子，将来结婚要不要彩礼，她们说当然要，人家都要，我不要岂不是没身价了？这是社会风气。再就是实际问题：嫁女儿，父母不想法儿替她弄几套衣服怎么行？像好多条"腿"——没有床、桌、椅这些"腿"怎么行？不像过去，在老解放区，在延安，谁要这东西？两个人要结婚，跟领导一说就行了，找个窑洞房子，公家替你弄一桌饭，开个茶话会。现在需要这些，是社会问题，农村也好，城市也好，要解决一些问题才行。

《伤痕》也是这样的社会问题。也不是简单的问题。要想一想，把问题挖深。现在已经好多了，可以碰一些问题。这也是有个过程的。这还是个思想问题。

昨天，有位十二岁就当了红军的老同志来，他说担心二十年以后。现在的年轻人，二十年以后是国家当权的，能不能把这十亿人口、九百多万平方公里担起来呢？他很担心这接班人的问题。年轻人思想复杂，现在如何教育后代？还是要教他们吃苦——生活要往上提，可是还是要教年轻人吃苦，要大家有爱国思想……

老一辈的在担忧接下自己棒子的新手。但是新一辈的在想什么？在担忧什么？老一辈的可知道？

与丁玲合影（1979）

六

心里一直存着"只打扰她半个钟头"的念头，却见她说得高兴，眼睛和声音都是亮的，真也舍不得打断她。等谈得差不多了，我却想起一块木板的故事来。

她的腰背不好，不能长久伏案写作，需要站直着写。陈明便为她设计了一个"活动书桌"——一块可以挂在颈上的木板，她就靠墙站着，在板子上写。我要求看看这块板子，陈明便去房里拿了出来。那是一块薄薄的木板，对角系着一根粗线绳。她把绳子绕过颈后，板子齐胸平放，戴上眼镜，拿起一支笔，放上一叠稿纸，比画给我看：

丁玲与陈明（1979）

丁玲的写字板（1979）

哪，就是这样子写的。

陈明微笑着替她调整木板的位置，然后看着她打趣道："像街上卖米糕的。"她听了笑出声来，我却感到眼眶一热。

我为她照了几张相，然后请陈明坐她旁边一同照。陈明含笑坐下，端端正正地望着镜头；她也含着笑，望着他。我正想要她看镜头，她却向陈明道："你怎么不看我呢？"陈明忙把头一转，我按下快门，拍下了又一张他俩含笑对望的照片。

可是我想到她的散文《牛棚小品》里所写的日子。那时的他们全在"牛棚"里，咫尺天涯，连对望一眼也是难得的无上幸福。而今他们可以无拘无束地含笑凝视，却像是经过了千山万水、生离死别之后的重逢。

告别时，我握着她厚实的手，想起叶圣陶《六么令》中"那日文字因缘，注定今生辙"两句，竟一时不知说什么才好。七十五岁的人，今生结了半世纪的"文字因缘"，没有悔恨，没有怨尤，还在循着这条漫漫而修远的道辙向前走……

七

补记：今年 4 月间闻她因乳腺癌住院开刀，手术后将去山上疗养。

愿她以同等的信心与毅力，征服疾病一如征服困境。因她还有长长的路要走，她今生为自己选择的道路……

　　　　　　　　　　　1980 年 6 月追记于美国加州

在延安想起丁玲

去年深秋到陕西，趁着谒黄帝陵、观壶口瀑布之便顺道去了延安。想象中这处当年共产革命的根据地，应该还是斯诺（Edgar Snow）的《西行漫记》（*Red Star Over China*）里描述的模样：贫瘠的黄土地上，到处是陕北特有的窑洞，荒凉艰苦但有一股生气……今日延安的周遭普遍绿化，已经不大看得见光秃秃的黄土地了，城里也有可观的楼房汽车热闹街道。不过这个丰裕景象并非由于党特别照顾当年支持他们的老乡，而是当地丰富的天然气资源带来的财富。

原来 1938 年到 1947 年间的中共中央所在地不在延安城里，而在城西北的杨家岭村。当年那些作为办公室和领导人居所的窑洞都保存着原貌，确实是简陋艰苦极了。著名的"延安文艺座谈会"会址，则是办公厅小楼底层的会议室兼饭堂。坐在那间貌不惊人的小厅里的木板凳上，我想到 1942 年 5 月，毛泽东就是在这里做了《延安文艺座谈会上的讲话》，定下了文艺要为无产阶级服务的方针路线，决定了其后数十年中国写作者的命运。

前排左起：康生、凯丰、任弼时、王稼祥、徐特立、博古、刘白羽、罗烽、草明、田方、毛泽东、张悟真、陈波儿、朱德、丁玲、李伯钊、瞿维、力群、白朗、塞克、周文、胡绩伟。

From the Front Left: Kang Sheng, Kai Feng, Ren Bishi, Wang Jiaxiang, Xu Teli, Bo Gu, Liu Baiyu, Luo Feng, Cao Ming, Tian Fang, Mao Zedong, Zhang Wuzheng, Chen Bo'er, Zhu De, Din Ling, Li Bozhao, Qu Wei, Li Qun, Bai Lang, Sai Ke, Zhou Wen and Hu Jiwei

"讲话"之后大合照

在"延安文艺座谈会"会址

墙上挂着"讲话"之后的大合照，一眼看到照片里一个女子，坐在前排朱德旁边，跟毛泽东只隔着三个人，非常显眼。那个女子就是丁玲。

这才想起很久没有想到的丁玲。虽然她为我在北京出版的第一本小说集《西江月》写序，然而这些年来我很少想到她。不久前听到她的名字，是在斯坦福大学听一位年轻的中国学者研究丁玲的报告。丁玲1986年去世时这位学者可能在上小学，对于他，丁玲只是一个文学史上的名字吧。

由延安那张照片里的座次，就可见丁玲那时的风头之劲。然而她差一点在延安整风中因为写文章批评领导而出事，幸好，毛泽东保住了她。但"反右"时还是在劫难逃，被打成"反党集团"之后下放到北大荒。"文革"期间甚至坐了五年大牢，然后遣送到山西的农村改造，直到"文革"结束三年后才复出。

从1977年起到80年代初，我几乎每年都到中国大陆，走访硕果仅存的老作家。1979年10月，出版界前辈范用先生陪着我去北京友谊宾馆拜访丁玲。那时，她和丈夫陈明刚从农村回京没多久，我以为饱受磨难的老人该是疲倦衰弱的，没想到她精神很好，给我的印象是乐观爽朗，不像个七十多岁劫后余生的人。那次见面我没录音也没有做详细的笔记，之后凭记忆写了一篇《今生辙》，题目来自叶圣陶写给她的《六么令》词里两句："那日文字因缘，注定今生辙。"

丁玲那天谈兴很高，她与我谈到中年和青年作家，谈《延安文艺座谈会上的讲话》，谈"生活"，说起二十多年的农村日子……我注意到她提到农村都称"底下"，被打成右派下放到农村说是"到底下去"，但显然这只是个习惯用语，丝毫没有负面或鄙视的语气，甚至对"底下"的淳朴和人情味非常怀念。

范先生帮我在北京出版小说集《西江月》，说要请同为女作家的丁玲替我写序。我根本没想到有此可能——那时她刚平反，需要养病，而丁玲复出是文艺界的大事，各方抢着向她约稿，怎会有时间、体力看我的书稿然后写序呢？万万没有料到她竟爽快地答应了，而且很快写了出来。那是 1980 年的夏天。

她在序文里说我是"二三十年代文学的继续"，我想到她自己正是成长于"五四"时代、二三十年代就已有成就的作家，也是一个进步的新女性，那一代的文学的确给了后进丰富的滋养传承。时空迢遥，她走了漫长坎坷的路，而半个世纪之后，我和她竟然有过那次短暂的交集——这也是文字因缘了。

2010 年 10 月

"五四"女子

丁玲可以算是一名"五四"时代的人，一个在当时极具反叛勇气的新女性。生于1904年，她二三十年代的作品以《莎菲女士的日记》为代表作，就是追寻自我，对封建传统的反抗叛逆，要求女性自主、独立思考，甚至有些作品还有女同性恋的暗示。那时照片里的丁玲，卷发披在脸上，大眼睛，深重的双眼皮，丰满的嘴唇，有一种当时还不成潮流的西方的性感。

她的作品被鲁迅推崇为革命的文学，其实这是与后来延安有点扞格的东西。而她那时确实是"革命"的，因为她的精神起点是"五四"。她进步，左倾，被国民党迫害，丈夫胡也频被杀害，她也坐过牢。她向往一个不再迫害人的政府，已是知名作家，却放弃去法国深造的机会，一心一意要去延安。

她总是"革命"的：在延安时因为替女同志打抱不平而写《三八节有感》，却差一点被打入反党黑名单；1950年的得奖作品《太阳照在桑干河上》又并非政策教条文学。但即使后来被打成"反革命"到秦城监狱坐大牢，她还是认同自己是革命的；

1979年重返文坛还是"左",可是在80年代初主编的文学杂志《中国》却登了残雪的现代派小说、北岛的朦胧诗,甚至异议人士遇罗锦的文章。然而"清除精神污染"运动时她又加入支持党进行"清污"的队伍……这使得不少研究她的人百思不得其解。

下放二十年,坐牢五年,她的抱怨却只是:"浪费太多时间了!"对于党却无怨言。记得我与一位年轻作家谈起丁玲,他说:"跟别的被迫害的人不同,丁玲是觉得被自己的孩子打了,所以只有伤心,但没有怨恨。"所以她始终相信自己才是革命的——那个打她的革命政党里的多数人还比她资历浅呢。而且她始终以为迫害只是私人恩怨,所以她不会去质疑、挑战政党和制度。

1979年我在北京见到她和丈夫陈明——他俩1942年在延安结婚,那是丁玲的第三次婚姻,当时她已三十八岁,陈明只有二十五岁,终其坎坷的后半生,陈明对她照顾得无微不至。那天最生动的印象,是陈明帮她把写作用的木板挂起来示范给我看——她有腰疼的老毛病,坐着写会痛得受不了,陈明替她设计了一块薄木板,对角两端打洞穿根绳子平挂在胸前,她就把稿纸搁在板上站着写字。陈明还打趣:"像街上卖米糕的!"七十几岁的丁玲,站着,身前挂块木板,在上面坚持写作。

还有就是替他俩照相时,陈明规矩地看着镜头,她却微偏过头去看他,笑道:"你怎么不看我呀?"那亲昵又自然的撒娇语气,真无法相信是出自一个七十多岁的老太太之口。陈明便带些羞窘地笑看她。我拍下了那个镜头。

这个有一双天真的大眼睛的多情湖南女子,在另一个时空,

与丁玲重逢在美国
洛杉矶（1981）

她可能就是一个单纯的女性主义写作者。这一段中国的历史对于她，或者任何一个用文字来抒情和反抗的人，都是太复杂了。

同是写作的女性，她的经历却是我难以想象的：在湖南老家反抗传统婚姻而离家求学，在上海写作成名参加"左联"，丈夫被杀害自身被囚禁，赴延安投身革命坦率敢言，在严酷的北大荒保持坚强乐观，回到北京立刻回归写作……终其一生对文学的热情始终不改，即使这份热情带给她致命的苦难。

1981 年她应邀访美，我在洛杉矶张错教授家与她重逢，相聚非常愉快。但后来我去北京都没有再去看她——我们的时空差距毕竟是太大了。她在 1986 年去世，八十多年曲折漫长的、够别人活上几世的人生，见证了一段短暂却多难的历史。

2010 年 10 月

［艾青］

艾青（1910—1996），原名蒋正涵，字海澄，浙江金华人，中国著名现代诗人，是中国新诗史上标志性人物之一，代表作有《大堰河——我的母亲》《雪落在中国的土地上》《我爱这土地》等。1949年后担任《人民文学》副主编、全国文联委员等职。1957年被打为"右派"，1979年获得平反。

我是读了艾青的诗——青年时代的诗，想要见他的。那是"浩劫"结束之后才三年，他住在北京一间陈旧的四合院房间里。诗人的人与文字常有极大的差异：诗热，诗人的表面却显得冷——或者冷嘲。但我很快发现他淡淡的嘲讽底下的幽默和亲切，于是去了一趟新疆回北京之后又去找他聊天，还"蹭"了顿中饭。后来，他的两个女儿和一个儿子都出来与我们合影。我特为那个安静的少年照了两张单人照，却不记得有交谈，也不记得寄给他单人照了没有，此后也从来没有再见过。很多年以后才想起，那个少年或许就是国际知名的艺术家艾未未。次年（1980）在衣阿华再见艾青（艾青和王蒙是那年被邀请的两位中国作家），几天相处愉快却没有北京四合院里那份亲切之感了。以后就再也没有见到他，也再没有读到他的诗作。

北方的吹号者

一

而我

——这来自南方的旅客，

却爱这悲哀的北国啊。

（艾青：《北方》，1938 年）

好像曾经听到人家说过，吹号者的命运是悲苦的，当他用自己的呼吸摩擦了号角的铜皮使号角发出声响的时候，常常有细到看不见的血丝，随着号声飞出来……

吹号者的脸常常是苍黄的……

（艾青：《吹号者》，1939 年）

想到中国的新诗，就会想到艾青，想到他的《大堰河》和《吹号者》，雪静静地落下来的悲哀的中国北方，然后是火把、启明星……

然后是整整二十年的沉寂。

> 没有一个人的痛苦比我更甚的——
> 我忠实于时代，献身于时代，而我却沉默着
> 不甘心地，像一个被俘虏的囚徒……
> 　　　（艾青：《时代》，1941年）

这样漫长的沉默，人们却并没有忘记他。读过他下面这一段诗的人，总会隐隐地期待再听到他的声音——

> 你从什么时候沉默的？

> 从恐龙统治了森林的年代
> 从地壳第一次震动的年代

> 你已经死在过深的怨愤里了么？

> 死？不，不，我还活着——请给我以火，给我以火！
> 　　　（艾青：《煤的对话》，1937年）

艾青还活着。当然，还活在他深爱的北方。

生在江南（浙江金华）的艾青，七十年的岁月却大半是在北方度过的。早年在江南、在法国，还在上海的牢狱中待过，抗日战争时期辗转到了西南。从三十一岁到延安之后，就再

也没有回到南方去居住了——头几年在陕甘宁的黄土高原的北方，1949 年之后迁到北京。1958 年戴上"右派"的帽子之后，便开始了在北方的荒原和荒漠中的流放生涯——先是在北大荒住了一年多，然后在新疆度过漫长的十六年，1975 年才又回到北京，为的是治疗眼疾——他在前几年经检查发现：他的右眼已因白内障而失明了。

直到 1978 年，这住在遥远的地方沉寂了整整二十年的诗人，终于出现了，获得了平反——最重要的是，又获得了一个作家本就该有的写作和发表的权利。

二

——躺在时间的河流上

苦难的浪涛

曾经几次把我吞没而又卷起——

流浪与监禁

已失去了我的青春的最可贵的日子

（艾青：《雪落在中国的土地上》，1937 年）

我的身上／酸痛的身上／深刻地留着

风雨的昨夜的／长途奔走的疲劳

但／我终于起来了

（艾青：《向太阳》，1938 年）

1979 年，深秋，北京。

史家胡同的一个小小的四合院。进了院子，先就看见右首一家粉漆斑驳的窗台前，一排十来盆小小的仙人掌盆景。立刻，使我想起了沙漠。

屋子是陈旧的平房，跨过绊脚的旧式门槛，是一间有床有橱有饭桌有椅子的外屋。穿过外屋走进内屋，是一间只放得下一张双人床、一排贴墙的书橱、一张书桌三张椅子和一张小几的小房间。

（第二次造访，才晓得在紧邻的另一个四合院里，还有一个厨房、一个吃饭间和一间小卧室，也是他家的。）

这就是艾青的家。

艾青坐在内屋的书桌前，书桌朝着窗，窗朝着四合院的天井。他的习惯是凌晨（或者说，半夜）3点钟起床，在这里坐下来，开始工作。等到一般人都开始工作的时候，他往往还是坐在这桌前，见朋友、见前来催稿的编者、见访问他的各路人马、应付不速之客、读来自国内和海外的信件，等等。或者继续埋头写作——如果运气够好、杂事不多的话。

早年颠沛流离外加坐过几年牢，中年开始遭到长时间的否定和流放，直到晚年，而晚年，一眼失明……

可是眼前的艾青的模样，就像他自己说的（用淡淡的语气）："并不悲惨"——头发黑黑的、腰杆挺挺的、肩膀宽宽的、眼睛直直地看着人，嘴角总有一丝若有若无的、带点嘲讽的笑意。

他说话慢慢的，调子低低的，出口的字句都非常简洁，有的像格言诗，有的像早就想好的、却装作不经意地丢出来的幽默，带一丝辛辣。

一见面，寒暄过后，我问：

"您身体好吗？"

"还可以。"淡淡地。然后喷出一口烟（他是个烟抽个不停的人）。

"像您这一辈的中国作家，经历的可以说是最多的了。"

"多，但也很单调。"

"还单调？各式各样的遭遇——而且往往很悲惨。"

"也不悲惨。我并没有感到悲伤，有人比我悲惨。"

"这是相对来讲的。你们受的苦难，很多是不可想象的。"

他半眯着眼，看着烟雾说："想象应该比这丰富多了——也自由多了。"

我想到见他之前从友人处得到的对于他的印象："听说您幽默风趣，我很奇怪：经过这些年的生活，还可能这样吗？莫非是一种从困境中提炼出来的幽默？"

他微微一笑："幽默还要提炼啊？又不是石油！是生活锻炼的。幽默是找出事物间互相的矛盾。有的叫幽默，有的叫笑话，有的叫滑稽，离开矛盾，这些都不存在。"

三

这个时代是要用许多的大合唱和交响乐来反映的。我只不过是无数的乐队中的一个吹笛子的人，只是为这个时代所兴奋，对光明的远景寄予无限的祝福而已。

（艾青：《春天·后记》，1956 年）

我们从他早年学画谈起，谈到写作，我问他对于作家写作受限制程度的看法。他说：

现在比什么时候都开放。现在刊物特别多，每省有两三个刊物：省的、省会的，还有季刊。北京中央一级的有《人民文学》，还有《诗刊》《北京文艺》《十月》《当代》，北京市区东城、西城，郊外的县都各有刊物。形成的好的现象是谁也垄断不了，坏现象是刊物多，约稿不易，质量会降低。

我不以为然："中国人这么多，就算按人口数字比例，好的作家也该不会少。"

他却只管谈诗去了："有人挖苦说：写诗的人比读诗的人多。苏联人说每一张树叶都有二十个诗人在写。《诗刊》现在的销路是（每期）四十万到五十万份，我看别的国家不一定有这么大数量。《人民文学》一出就是七八十万本。"

我问他在这"空前开放"的形势下，对前一阵喧腾的"歌德缺德""向前看向'后'看"有什么看法？

"这个'歌德缺德''向前看向"右"'看嘛——"他笑了，"你们海外也知道啊？……一般来讲，相反的文章是会起一定作用的，是好的，可以更开放些。"

他随口谈些刊物，提到胡风的名字，我便拦住他的话头，追问胡风的近况。他却不答，只慢慢地说：

我们生而有幸，从30年代开始活动，受误解、吃苦头，也是从那时候起。实际上，任何时代、任何国家，都有矛盾，都有不同的见解。只是于今尤烈。……我只知道胡风还活着，要他当四川政协委员，又听说他不爱当。上面要怎么样，他本人怎么样我也不知道。不过，如果需要彻底澄清30年代的问题，他参加（按指去年11月召开的"文代会"）比不参加好。

有些人可惜已经不在了——他们都是历史的见证，甚至往往是历史本身。

"年纪大的人，假如没有别的事干，是可以证明一下某个历史阶段的事。……历史本身不是单纯的某一条线，是很多条错综复杂的线。譬如像我们，"他那微带嘲讽的笑容又出来了，

与艾青合影（1979）

"可能代表一条比丝更细的线——想象中的数学上的线。两点间虚设的线。"

四

中国，

我的在没有灯光的晚上

所写的无力的诗句

能给你些许的温暖么？

（艾青：《雪落在中国的土地上》，1937 年）

我给他背这段诗，告诉他这几句给我的震动。我给他看我的一首为"五四"一甲子而作的长诗，然后问他：为什么六十年了，几代的中国人好像一直在寻找同样的东西。他说：

这不过是说明了：有些东西很难去掉，有些东西很难找到。……

我听说在荒原里走过的人，或者在森林里走过的人，他自己感觉到是一直向前走，可是走着走着就走回到原来的地方。什么道理呢？两条腿的长短是不统一的。"差之毫厘，谬以千里。"我在荒原待过。最早到荒原里的人，都有这经验。

我咀嚼着这一段诗般的话，沉默了一阵。然后我问到他在"荒原"里的生活经验。生活、物质上的折磨，对诗人会产生什么特别的影响吗？他却总是先想到比他更不幸的人：

我受的折磨不比别人多。我还有点"剩余物质"，比一般人富裕些，可以到附近的农村买点东西，物质上还没有匮乏到毫无资源的程度。我看过比我困难的人，除了固定工资之外再无来源了。50 年代定的工资一个人用，60 年代两个人，70 年代三个人了，可是工资没有因为人口增加而增加——以工作能力来决定，并不根据生育产量来决定！

生活的磨炼可以提炼出诗篇来吗？——对不起，诗"不是石油，不能提炼"——还是只有好的生活条件才能使诗人专心写作？

每个人生产状况不完全一样。夏衍可以在一间六七个人喧闹的办公室里照写他的论文。写诗，当然要找没人走的地方——但也是各种各样，有的诗产生在喧闹的地方，像桑德堡的；林德赛的《雾》却是另一种。灵感如果像一个朋友，它所交的人就不一样。

他在新出的《艾青诗选》《自序》中就说过："有人反对写诗要有'灵感'。这种人可能是'人工受精'的提倡者，但不一定是诗人。"我听他提起"灵感"，便引这段话来笑他的"妙喻"。他也笑了：

是啊，就是说：不是本身产生，而是外力产生的。

他喜欢用"妙喻"——事实上，哪一个人的诗能完全不用比喻、象征呢？他在同一篇《自序》中便写道：

比喻也最容易被人歪曲甚至诬陷——历史上不少"文字狱"都由比喻构成。

我们又谈到他四十年前的旧作《诗论》。他有些不解地说：

一般知道我的是四五十岁以上的人，像你这年纪的人知道我的不多。

我又不以为然："这是文字的力量，可以跨越时空的。"

但有的跨不过——空间和时间都封锁了。本来轮船全世界都可以跑，但港口不开怎么办？封锁是厉害的，一种是愚民政策，一种是不要外面的东西进来。……就事论事，现在是比过去开放多了。

是不是应该更开放些？赞美与批评应该是并行的，这也是中国文学上的传统。

提倡只歌颂的是极少数。我赞成应该再放、更持久地放、再放大一点。反对的人希望粉饰现实、掩盖现实、蒙蔽矛盾、掩盖矛盾，结果还是愚民政策。……

现在我们自己批评自己的，比我以前所能看到的要厉害得多。多种现象、问题、看法都在说，有些作品题目本身就隐藏着一些雷声，或者爆炸性的东西，都在发出声音来。持久的沉默会带来文化上的沙漠，是忍耐不下去的。

他一字一字地念出前两天"开玩笑写下"的几句诗：

与艾青在庭院合影（1979）

沉默是危险的。

石油像水，炸药像泥土

这两种东西都是沉默的

都在等待着一点火星。

我立即掏出笔来记，怕录音不清楚。他笑道：

这样的话用不着记，记了好像我要到美国去爆炸似
的。——长期的沉默必然换来爆发。现在演出的戏数目相当

多，小说也多，一百多种（文艺）刊物，每种登上一两篇好的，每个月也有几百篇了。

我想起他诗中对火、"取火"的意象：

> 让我们每个都做了帕罗美修斯
> 从天上取了火逃向人间
>
> 让我们的火把的烈焰
> 把黑夜摇坍下来
> 把高高的黑夜摇坍下来
> 把黑夜一块一块地摇坍下来
>
> （艾青：《火把》，1940年）

五

生不用封万户侯，但愿一识韩荆州。

你们真是何等看重情操，当你们去追索那些可能给你们的生命以最崇高的喜悦的事物时，你们是从来也不会想起那事物本身的价值的。

> （艾青：《诗论》，1938—1939年）

我问到他一件传说纷纭的历史事实：毛泽东在延安文艺座谈会之前曾找艾青谈过话，听他的意见，然后才召开会议，发表了《讲话》。这段历史的前前后后究竟是怎样的？他说：

我简单介绍一下情况。1942 年文艺上出现一些作品。有些领导同志看了不满意。毛主席给我来一封信——是不是也给别人我不知道——"艾青同志：有事商量，如你有暇，敬祈惠临一叙。此致　敬礼。毛泽东。"

去了之后，他说现在有些文章有些人有意见，说有些文章像日本飞机上撒下来的，有些文章应该登在《良心话》上的（《良心话》是当时国民党"反共抗俄"的刊物）。他提得很高。他说你看怎么办？我说你出来讲讲话。他说："我讲话有人听吗？"我说至少我要听的。

后来他又来一信："前日所谈有关文艺方针诸问题，请你代我收集反面的意见，如有所得，希随时赐知为盼。此致　敬礼。"

我插嘴问："你本身也是代表'反面意见'的吗？"

"我不理解。"他说，"我这人不大爱去收集什么东西，我也没有能力探访出来哪些是正面、哪些是反面意见。我只写了一篇我自己的意见：《我对目前文艺工作的意见》。"

毛泽东来第三封信：

"来信并大作读悉。深愿一谈。因河水大，故派马来接。如何，乞酌。此致　敬礼。"

我去了。他把我写的《意见》给政治局传阅了之后，把意见集中来说。我根据他听来的意见，把我能接受的加以修改。他提的也是歌颂与暴露的问题。

我追问："您那篇文章里的意见是什么呢？"

　　我忘了。这篇文章后来发表了。基本上是说文艺界有宗派主义、有教条主义，没有谈很多歌颂与暴露的问题。暴露与歌颂本来是一个事物的两面。后来就开会了。

　　1942 年，写《开不败的花朵》的马加写了一篇《间隔》，讲一个大学生和一个军事干部结婚、两人生活意趣不一的事，有人看了有意见，有人找我讲话，我就写了《了解作家、尊重作家》这篇文章。开座谈会的时候，我引用了李白的诗句"生不用封万户侯，但愿一识韩荆州"。朱德说："我们的韩荆州是工农兵。"这就是工农兵的方向、为人民服务的方向。所以我也并不隐瞒自己的观点。

我追问："朱德的引申是您自己的意见吗？您本来心目中的'韩荆州'是谁？"

　　"作家就是要求被人理解。朱德的意思是只要工农兵理解。"

　　"座谈会之后您有没有受批评？"

　　"没有。可是后来有人批判我的时候就拿这出来。1957 年以后，一般群众不理解为什么要搞我，给我戴上'右派'帽子。"

　　"1957 年为什么要把您打成'右派'呢？"我问到这一直存在心里的问题。

　　"其实我后来并没写什么。……真正的原因，是传统的宗派主义。"

　　"是'文人相轻'造成宗派和政治势力吗？派系是怎样分的

呢？是文学理论的分歧，还是政治地盘？"

"我没有结伙成帮，但我有一个简单的想法：我比较信任鲁迅。我的诗都愿意发表在鲁迅发表过的刊物上。别的不谈，我同鲁迅并不熟，只见过一面。文坛上与鲁迅对立的人相当多。"

"当时一些有关鲁迅的争论，至今仍是悬案，像'国防文学'……"

"这个问题，中央说写出东西来以后就可以了解了。实事求是做结论，谁也不能百分之百地正确嘛。不要追究谁绝对对，谁绝对不对——一百年也吵不完。在这悬案上，我基本上采取旁观者的态度。它不解决，并不影响我创作。历史要篡改的可能性不大——虽然历史总是不断有人在修正。"

六

> 我们爱这日子
>
> 不是因为我们
>
> 看不见自己的苦难
>
> 不是因为我们
>
> 看不见饥饿与死亡
>
> 我们爱这日子
>
> 是因为这日子给我们
>
> 带来了灿烂的明天的
>
> 最可信的音讯。
>
> （艾青：《向太阳》，1938 年）

读他复出后的新作，包括那首热情洋溢的长诗《光的赞歌》。我问他：多年的挫折之后却仍抱有这样一种热情与信念，这种信心和力量是怎么来的？

"信心都是从人民来的。"他简单地答。

我不满意，说"太抽象了"。

"这么说是因为概括性强嘛。这么多年的斗争历史证明：还是沿着比较正确的方向在前进，否则早就绝灭了。被划为右派的有几十万人，'文革'时打下去的可能数目更多。是人民蕴藏着巨大的力量——这个力量也跟某些正确的政策可以执行有关——才解决了'四人帮'问题。当然，人间的历史有时有很多偶然性，但所有的偶然性又埋藏在大的必然性里。为什么呢？1976年的事安排得好像戏剧，一幕一幕，少哪一幕都不行。最后是人民的大胜利。有人说，假如'四人帮'又回来怎么办？那就到山上打游击去嘛。……那时我已回北京。'四人帮'可能把我忘了。我保持沉默，很少人来找我。谁也不会讲'四人帮'的好话。'四人帮'10月6日完的，10月8日有朋友来我家，在我桌上拿一张纸条写上'王张江姚隔离审查'，就赶快烧掉了。虽然那时还不适宜公开讲，但至少他信我我信他。大家奔走相告。"

"在像从前那段不正常的政治气候下，人也容易变节。这点责任该归政府负。"我说。

"政府也瘫痪了。'全面专政'，煽动群众斗群众。"

"这个，是不是'反右'的时候就开始了？"

"最近有位法国作家问我：'"四人帮"统治中国不过十年，你1958年就被划成右派，不能说是"四人帮"害你的吧？'我说

1958年姚文元就批判我啦。所以后来乱打棍子乱戴帽子，二十年前就已经开始'演习'了，一脉相承。康生时代便是如此——现在提康生用代名词'那个理论家'，谁都知道。"

"你对可以预见的将来的文艺界有什么看法？"

"会比解放以来的任何时候都繁荣——当然不一定能同唐朝比，性质不一样。全唐诗有三万多首，中国现在不一定有那么多诗人，但比解放以来任何时候都多得多。"

"您很乐观，"我说，"但您可以预见的阻力是什么？"

"阻力还是会有的。写几篇东西，有人就说'伤痕''感伤'。有些不是明地针对我，也是暗地针对我。比方有人写信给诗刊社，造谣说艾青已给赶出北京了——我刚好到维也纳去了。只要有人存在，都会有谣言的。"

时间不早，他们出门赴一个餐会。他说：谈不完就再来。我便与他约定再谈，并且打趣道："答应了，可别后悔哟！"

他颇有"性格"地斩钉截铁道：

> 我从来不后悔。我不轻易许诺，轻诺必寡信。许诺了，就不后悔。

七

> 他们来自北国荒凉的原野，
> 他们跨越过风与尘土统治之国，
> 他们在坚忍里消磨年月……
>
> （艾青：《骆驼》）

艾青与儿女合影（1979）

1980年9月在衣阿华合影 [自左至右：李黎、
某女士、蔡玲（范思绮）、陈若曦、艾青、聂华
苓、张错、周策纵、於梨华]

第二次踏进那座四合院，希望能见到他的妻子，一个跟着他度过这些年颠沛流离的岁月的伴侣。但她还在新疆办户口的事，还没回来[1]。想到他和她，就想到前面这些诗句……

那天正好出他的《艾青诗选》的出版社捎来了二十本给他。这像是一本"劫后余生"的书。封面是他那学美术的儿子画的，像是荒原里的大森林。纵是荒原也好森林也好，明媚的江南或者悲哀的北国都好，他早已写下这样的爱的宣言：

为什么我的眼里常含泪水？

因为我对这土地爱得深沉……

（艾青：《我爱这土地》，1938 年）

他留我吃中饭。我便不客气地留下来，"参观"了他那分踞在两座四合院的五间房，和远在另一条胡同（约一百米外）的公用厕所。午饭是他女儿烧的，很简单的菜——我这个不速之客完全使她措手不及——几乎全是蔬菜，偶尔出现一些碎肉。她烹调得十分可口。他显得很满意，照例要喝一小杯"蛤蚧大补酒"。我抱着痛下牺牲的决心也陪喝了一杯（那酒瓶标签上画的是几只形状可怖的爬虫类），居然也别有风味。

我坐他对面，与他的女儿一起，看他静静地、怡然地吃着这顿简单的午饭。一时之间，我面前这人背后的风云、尘埃与悲欢都静静地沉下去了，但他仍然一点也不显得疲倦或苍老——事实上，我那时想，他也许从来也没有疲倦或苍老过。

它的脸上和身上

像刀砍过的一样

但它依然站在那里

含着微笑，看着海洋……

　　（艾青：《礁石》，1954 年）

　　　　　　1980 年春追记于美国加州，

　　　　原载《七十年代》1980 年第 9 期

　　[1]　多年后我才知道，他的妻子高瑛是去新疆为儿子办户口迁回北京的事。他们的儿子，就是艺术家艾未未。

［钱锺书、杨绛］

钱锺书（1910—1998），字默存，号槐聚，曾用笔名"中书君"，江苏无锡人，中国现代著名作家、文学研究家，晓畅多种外文，包括英、法、德语，亦懂拉丁文、意大利文、希腊文、西班牙文等。钱氏于中文一面，文言文、白话文皆精，可谓集古今中外学问之智慧熔炉。"文革"时下放"五七干校"。代表作有《围城》《谈艺录》《管锥编》《七缀集》《宋诗选注》等。晚年就职于中国社会科学院，任副院长。因在文学、国故、比较文学、文化批评等领域极有成就，被推崇者冠以"钱学"之誉。夫人为杨绛。

杨绛（1911—2016），原名杨季康，祖籍江苏无锡，生于北京，中国现代著名作家、翻译家、外国文学研究家。1949年后在中国社会科学院文学研究所、外国文学研究所工作，"文革"时和丈夫钱锺书先后下放"五七干校"。著有《风》《窗帘》《干校六记》《洗澡》《我们仨》《杂忆与杂写》《走到人生边上》等；剧本《称心如意》《弄假成真》；译著有《堂吉诃德》《斐多》《小癞子》等。2001年9月7日，杨绛以全家三人的名义，与清华大学签订了信托协议书，成立"好读书奖学金"。当时捐献的现金是七十二万元，到2010年春已是八百万元。

1980 年圣诞节那天，到北京三里河南沙沟钱府，登门拜见钱锺书、杨绛二位，聆听钱先生的如珠妙语和杨先生极有默契的应答，愉快至极。却是由于"一封迟到多年的信"，以至于那就是我见到钱先生仅有的一次。之后又去过三次，还是那间屋子，家具陈设也没有太大的改动，却是只有杨绛一个人了。三十年过去，那江南才女还是那样灵秀、轻盈、俏皮，而在那娇小轻灵的身体里面，深藏的是何等坚韧、沉稳又开阔的心灵。

一封“迟到”多年的信

　　去年（1992）9月到北京，循例拜见我敬爱的出版界前辈范用先生。范老是位极亲切周到的长者，每次见面，总会给我一些书册报刊之类的文学数据，这次自然也不例外。收下他一个牛皮纸信封袋，见里面夹有一张陈旧泛黄的信笺，当时忙着与他欢叙，未多在意。待回到旅馆取出一看，可真感到意外极了——那竟是钱锺书先生在1981年5月写给我而我从未收到的一封信！

　　一封信“迟到”了十一二年，背后总会有个小小的故事，那就从我去进见钱老那次说起吧。

　　1980年冬天，我从美国去到北京，经由钱氏伉俪的好友范用先生介绍引见，有幸上钱府登门拜访了锺书先生和杨绛女士。当时对钱府的方位地址皆无概念，只记得是在一幢颇新的公寓楼房里。后来推想，当是三里河南沙沟的专家楼了。那天是12月25日星期四——那时的北京当然没有人过圣诞节，就是一个平常的冬天上午，阳光很好。范用先生有事未能同行，便由他手下的《读书》杂志编辑董秀玉女士陪我去，因她与钱氏伉俪亦熟。

　　进门之前我有点紧张，想到要见的是当今中国第一博学才子，不知该说些什么才好。待见面之后，立即不感拘束了，因为两位长者都十分风趣，笑语晏晏，四个人聊得非常愉快。可惜钱老许多如珠妙语我已不全记得，因为他表示不希望我记笔记。现在事隔十二年追忆，他俩的笑貌还比话语更清晰鲜明。钱老看起来非常年轻，多年后读到杨绛女士的文章提及有人说他"翩翩"，不禁暗暗点头。杨老真是人如其文：灵、秀，在云淡风轻的谐趣之下，有潜沉的洞彻与宽容。面对他们，我直在心中赞叹：好一对神仙眷侣！

　　那时距十年动乱的结束还未远，在中国大陆逢人都不免谈及一些令人慨叹的话题，在钱府亦不例外。然而两位先生给我印象特别深刻的，是当时在其他学者身上尚为少见的一分率真与雍容，结合着他俩良好默契、此起彼落的博闻强记、旁征博引的评语，和时不时闪现的一针见血的幽默，那样独特卓尔的风范，令人折服而且难忘。

　　谈《围城》自然也是免不了的——虽然锺书先生对作家提旧作颇表不以为然，甚至对之还有个生动的妙喻，但我这个"《围城》迷"坚持要谈，礼貌的主人也只好奉陪了（几年后读到杨绛女士在《记钱锺书与〈围城〉》一书的前言里，述及钱老如何给"《围城》迷"们钉子碰，我直暗呼侥幸）。因而便谈到"对号入座"——对小说人物的附会，杨老笑道："人家说他是方鸿渐，我是孙柔嘉。"我脱口而出"我猜您一定是唐晓芙的模特儿"，说了才想到自己不也是在对号入座吗？还好，二位并未见怪，只是笑而不答。钱老送我一本新版《围城》（人民文学出版社，1980年），郑重地用毛笔题款、盖章，签名是他别致地将"钱锺书"三字合而为一的写法。我也呈上一本刚在北京出版的小说集《西江月》。后来大家照了些相，我和董女士才告辞。

回到美国后，写了一封信向他们致意道谢，并附上照片。记得其中一张我与他俩的合照，钱老的右手轻轻搭在杨老的左手上，非常可爱，我在信里好像还特别提到。由于没有地址，我请了范老或董女士（记不清是哪一位了）代转。之后一直未获回音，我虽有些失望，倒也并不感到意外——以钱、杨二位声望之尊崇、治学之忙碌，实在不可能每信必复，何况我的信里又没有什么非答复不可的问题。能够与他们度过一个安详愉快的冬日上午，对我已经是极为珍贵难得的记忆了。

其后几度再去北京，便不曾求见，因知二位雅不喜外人惊扰。何况一年年过去，我想老人家说不定早已记不得我这只见过一面的后辈了。但我一直关注他们的情况，在海外也常能读到有关的报道和他们的作品，知道"国宝级"的学者依然健朗，是最感安慰的事。同时回想着那次见面，就觉得分外亲切。

怎料得到，许多年之后，竟会忽然收到他们的旧信！范用先生抱歉地解释：当时他受托要将信转给我，因觉钱老的手书很宝贵，便先好好"珍藏"起来，没想到一收起来竟忘了，直到不久之前才偶然发现。这封信是锺书先生用毛笔在一张典雅的日制旧式八行笺上写下的，杨绛先生加了一句注文并签了名。没有年份，推算是1981年。全文如下：

李黎女士：

　　秀玉女士转来　尊函及照片，感喜之至。你这次亲临动物的栖息地，在它们的自然环境里，观察了他〈它〉们的习性，得出了暂时的结论。这是西欧老派博物学者身"入虎穴"的方法，新派美国研究者就把动物拉进实验室里去搬弄了。（杨绛注：只要不是解剖就行！）不管方法是新是老，希望结论使你满意，那两只动物对它是很满意的——Even the Devil himself would be pleased if he was told that he is not as black as he has been painted or fancied to be![1] 我们最近又有机会访美，但因懒出远门，只好等大驾明岁返国快晤罢。　　专此复谢，即请

著安

　　　　　　　钱锺书　杨绛　同上　五月二十日

　　在旅馆里读这封十一二年前的信，不禁感慨系之。当时就很想立刻将这桩小小的（却又是年岁久远的）误会告知这两位可爱的老人家，可是离京在即，实在没有时间安排求见了。回到美国后，我即写一信陈述此事始末，并附上旧信的影印，问他们是否还记得。顺便也寄上一篇我四年前写的小文《给方鸿渐博士的一封信》。（可巧又是"信"！）9 月 30 日发出，十二天后便收到两位先生的回信了：

李黎女士：

　　奉来函，惊喜怅恨，一时交集。追忆当年，董女士面致

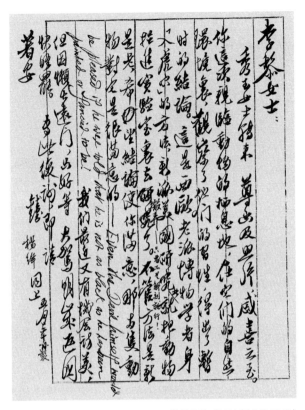

钱锺书书信（1981 年 5 月 20 日）

惠赐照片及书信，愚夫妇因问覆信报谢事；董言，信交渠即可，因书店即日有人赴港径寄美，较为迅捷。董女士美意欲为我们省掉八毛邮费（当时国外航外邮资），谁知道耽误了足足十二年，害你失望不愉快，造成小小的 tragi-comedy of errors。[2] 这封信怎会落在那位"珍藏家"手里？curioser & curioser![3]

愚夫妇对您的作品和人品，都非常欣赏。Deo volente or

rather diabolo non obstante, in short, if health permits, [4] 下次大驾回国时，可以快晤。

七年来，衰病相因，愚夫妇皆遵医诫，杜门谢客谢事，只恨来信太多，亦多懒慢不多复。急写信给你，恕草草。大文[5]早有人寄示，感愧而已！

即叩

文安

钱锺书上　十月八日

我常念起你，常和女儿引用"格乱妈""格乱爸"等妙语。[6]一别匆匆，十二年未再会面。代人转信，岂有"珍藏"之理，真叫人哭笑不得也！我近得了轻微的脑血栓病，虽说轻微，究竟是个"黄牌警告"，不敢怠慢。希望咱们还有缘再见，谢谢你十二年前的信和照相。祝笔健。

杨绛　八日

这么快接到回信，当然是十分惊喜。然而随即感到一份怅惘与无奈。诚如锺书先生言：这是一出小小的误会造成的悲喜剧，有点像造化弄人，不是任何人的过错——在当时（80年代初期）的中国大陆，直接与国外通邮还不大普遍，一般仍习惯托便人转交。董女士热心代收下信，范用先生更是出于一片好意才将信收藏妥当，以致迷失在他书房的浩瀚纸海中。这一串事只是不巧，何况一封答谢信函原没什么大不了，也不曾对谁造成实质上的损失……

外国文学研究所

李梨女士：

　　奉來函，驚喜悵恨，一時交集。追憶當年，董女士面致惠賜照片及書信，愚夫婦因間覆信報謝事，董言信交渠即可，因書店郵又有人赴港逕寄美，較為迅捷。董女士美意，欲為我們省掉八毛郵費（當時國外航外郵資），誰知道耽誤了足足十二年，害你失望不愉快，造成小小的 tragi-comedy errors。這封信怎會趟在那位"珍藏家"手裡？ *Cuidado a Cuidado!*

　　愚夫婦對您的作品和人品，都非常欣賞。*Deo volente or rather diabolo non obstante*, in short, if health permits，下次大駕囘囯時可以快晤。

　　七年來，衰病相因，愚夫婦皆遵醫誡，杜門謝客謝事，只恨來信太多，亦懶慢不給急寫信給你，怱草＝。大文早有人寄示，感愧而已！

　　即叩

文安

　　　　　　　　鍾書上　十月八日

我常念起你，常和女兒引用"格亂娘""格亂那"等妙語。一別如今，十二年未有会面。代人轉的信，竟有"珍藏"之理，真叫人哭笑不得也！我近得了輕微的腦血栓病，雖說微輕，究竟是了"黃牌警告"，不敢怠慢，希望咱们还有緣再见。謝＝你十二年前的信和照相。祝筆健

　　　　　　　　　　　　楊絳　八〇

钱锺书、杨绛夫妇信（1992 年 10 月 8 日）

与钱锺书、杨绛合影（1980）

　　然而我忍不住要想：如果那时收到了那封信，大概每次上京都会兴冲冲地约了范用先生一道去拜访他们。二老或许谢绝见客，但也极可能大家又再"快晤"，留下更愉快美好的回忆。可是十几年时间就这么过去了，时间对每一个人同样的无情，我再也不是那个刚出了第一本小说、乐观好奇又胆大的年轻人。两位先生也不可能仍像当年那么健朗好客，即或再见面，许多情景与心境已不复如旧……我错过的岂止是一封复信而已，我错过的是一段岁月、一些不会再发生的"可能"，人生旅途中擦肩而过的一些美好的事情——生命中大大小小不同形式的失落之一吧。这一桩小小的"悲喜剧"，不也有些像《围城》最后那几句令人低回不已的话："无意中包含对人生的讽刺和感伤，深于一切语言、一切啼笑。"

[1] 如果魔鬼听到人家说，他不是议论里或想象中那么坏，则连他也会高兴。
[2] 一些误会引起的悲喜剧。
[3] 真是越来越奇怪。
[4] 上帝愿意或魔鬼不阻挡——简言之，如果健康允许。
[5] 指我附上的《给方鸿渐博士的一封信》。
[6] 我的一篇小说里，讲洋文的孙子称呼奶奶爷爷 grandma、grandpa，听在不懂洋文的祖父耳中便成此"妙语"。

原载 1993 年 4 月《联合文学》第 102 期

给方鸿渐博士的一封信

方博士：

首先郑重声明：称您博士绝无嘲讽之意，虽然钱锺书先生在《围城》[1]中将您这博士学位的来龙去脉不大客气地抖了出来，但这年头——无论是您的 30 年代还是我的 80 年代——逢人便自动替他加级减岁总是不会错的。

写这封信给您本无打扰之意。我知道您自从被三闾大学解聘，回到上海甚不得意，与尊夫人孙柔嘉女士亦不和睦；内忧外患，加上国事蜩螗，不会有心情欢迎陌生人的来信。可是近年来我们这儿很流行写公开信，给活人给死人给子虚乌有人都行，为政治为爱情为出胸中怨气皆有。编辑先生催索一封写给书中人的公开信，我一不愿给古人二不愿给洋人写信，想到阁下您时空都不太遥远，音容宛在，便决定写这封信向您请教对一些事情的看法。

我胆敢冒昧提笔，当然是假定您还健在——您若活到今天，算算也是八十出头的高龄了，好在您有幸生为中国人，无论身在

围　城

钱锺书

人民文学出版社
一九八〇年·北京

钱锺书《围城》题字（1980）

海峡的哪一岸（这点大家都不得而知，恐怕连钱先生本人也弄不清），都还是"大有为"的年纪，很可以应读者之邀发表高见；就算您已因内外交困而英年早夭（对不起），我们也可以文学笔法起您于地下。总而言之：当您环顾周遭，是否生起过似曾相识之感？想当年您很赞同苏小姐引法国谚语"婚姻如围城"的说法——她是说者无心您是听者有意。苏小姐掉书袋时完全没有个人感情，很像张爱玲形容孟烟鹂的话，[2] 难怪您始终无法喜欢她——很不幸地，结果您不论身在城里城外，都始终糊里糊涂继而沾沾自喜终以鼻青脸肿。半个世纪过去了，如果您重回三十之身再度涉足情场，当今世界好像也没什么改进，您多半还是落得个鼻青脸肿。不知是这"围城理论"乃古今中外颠扑不破之定理，还是像您这样的人物注定如此悲剧下场？更糟的是您的悲剧看在我这种没心肝的读者眼中还是喜剧，可见喜剧悲剧往往是某种人生现象的两面写法罢了。

另外想请教的一点，便是书中半个世纪前的儒林群像，您老今天放眼一望，是否感慨更深了？还是五十年磨下来，您早已见怪不怪，甚至练就一身好功夫，比起褚慎明、曹元朗、高松年、韩学愈、汪处厚等等这帮人更高明了？说实在的，您是个具有那么多种可能性的人，锺书先生早在书中这样写您自己看自己："有几个死掉的自己埋葬在记忆里，立碑志墓，偶一凭吊……有几个自己，仿佛是路毙的，不去收拾，让它们烂掉化掉，给鸟兽吃掉……"大概正因为您是个具有这样多的可能性的角色，《围城》中的您没有个明白的下场结局。钱先生在书尾只以您家中一座走慢的老钟做象征，写下这段令人低回不已的话："这个时间落伍的计时机无意中包含对人生的讽刺和感伤，深于一切语言、一切啼笑。"合上书的那一刻，才开始为您感到余音般的淡淡悲哀。

其实人们真有兴味的对象人物并不是您，而该是您的文学"父亲"，您的创造者钱锺书先生，当今中国公认的第一号博学才子。钱先生学贯中西古今，青年时偶然的游戏之作"头生"了您，[3] 您因他而永垂不朽，令人羡慕。锺书先生皓首穷经的巨作《管锥编》《谈艺录》能读通的人不多，幸好写过这本《围城》，才让像我这样没有学问的人也能从另一层面领略钱先生的才情。然而钱夫人杨绛女士在她的小书《记钱锺书与〈围城〉》[4] 的"前言"中提到钱先生有一回对一位英国"《围城》迷"说："假如你吃了个鸡蛋觉得不错，何必认识那下蛋的母鸡呢？"显然钱先生不喜欢崇拜者因崇拜而骚扰他。幸好八年前我尚未读到这些话，因糊涂而胆大地上门拜见钱氏夫妇——自觉的勇敢与不自觉的勇敢其实是两回事，不幸人们常未能分辨，以致世上平白多了许多勇者——见到这对神仙眷侣时高兴忘形，竟然甘冒"对号入座"的大不韪对杨绛先生说："您一定是唐晓芙的模特儿！"

方博士，我只能对您重复赵辛楣的话："好眼力！好眼力！"并且深深明白您注定作为悲剧角色的命运了。

祝　　永垂不朽

[1]　钱锺书先生的《围城》1947 年在上海初版。我十多年前初读的是在美国买到的香港盗印本，印刷粗劣错字甚多，记得封面图画是一名穿博士袍的、头顶上空飘着文凭和方帽子。现有的珍藏本是 1980 年北京人民文学出版社重印的版本，扉页有钱先生持赠时亲题的毛笔手迹和印章。

[2]　张爱玲《红玫瑰与白玫瑰》："她的白把她和周围的恶劣的东西隔开来了，像病院里的白屏风，可同时，书本上的东西也给隔开了。"

[3]　作者与笔下"头生子"的关系，西西女士在《胡子有脸》一文中阐释甚明，见洪范文学丛书《胡子有脸》。

[4]　湖南人民出版社，1986 年。

原载 1988 年 12 月 21 日《中国时报·人间副刊》

读钱锺书《槐聚诗存》

《槐聚诗存》

在 1986 年出版的《记钱锺书与〈围城〉》一书里，杨绛先生这样写道："我认为《管锥编》《谈艺录》的作者是个好学深思的锺书，《槐聚诗存》的作者是个'忧世伤生'的锺书，《围城》的作者呢，就是个'痴气'旺盛的锺书。"

一直到不久之前，我才读到三联书店去年出版的《槐聚诗存》这本诗集。出版界前辈范用先生，为我购得一册，郑重请托朋友，万里迢迢从北京捎来美国，令我欣感莫名。当今中国第一才子钱锺书先生六十年来二百余首诗作由杨绛女士亲手钞录，影印成典雅的线装册籍，外加古色古香的函套——这不仅是一本书，这是一件艺术品了！诚如范用先生所称："可谓精品中的精品。"

钱先生的诗当然远远不止书中所收的二百七十余首。如他序中所言，这是削弃了"牵率酬应""俳谐嘲戏""代人捉刀"等篇什之后，与夫人杨绛一同推敲选定出来的"自定诗集"，为的是"俾免俗本传讹"。所以不但是经过"质量管理"手续的（其实就算钱先生信手涂写而未被收入的遗珠之作，质量也可能好过许多人的"力作"），而且必然是钱氏夫妇寄以特别感情、对他俩有特别意义的诗文吧。

范用先生在附信中说，他本欲为我向钱先生求索在书上签名，未料杨绛先生回电谓，钱先生已经住院五个月了！范先生因车祸也住院四个月，因而不知。杨先生还说，钱先生的诗集，她是在病中抄写的，有一些抄错的字，等改正的印本再签名送我……

看到这些话，再读钱序中"去年余大病，绛亦积劳成疾，衰弊余生"这几句，心头沉甸甸地难过。1980年圣诞节在北京拜见钱、杨二老的印象仍然清晰，那时的钱先生一头黑发，依然"翩翩"（杨绛语），而杨绛女士更是纤雅灵秀，令我忍不住在心底喝彩一声："神仙眷侣！"今日捧阅这本极精极美的诗册，看着杨先生——八十出头的老太太，抱病持笔而犹然工整劲秀又不失从容逸致的一行行字迹，我衷心祝祷二位老人家健康、健康、健康！

钱锺书的"情诗"

杨绛女士说《槐聚诗存》的作者是个"忧世伤生"的钱锺书，诚然！读其三四十年间的诗，虽是青春壮年时所作，却是感国忧时，愁思不能自已，如他1940年在题为《愁》的一首诗中所言："我愿无愁不作诗。"到了五六十年代，中年心事，皆托于亲友答和的诗句里。70年代之后迄今，则仅得寥寥数首，以《阅世》一题做结（压卷的《代拟无题七首》是应夫人之命代作的），令人低回不已。

中国第一博学才子六十年来的诗作二百余首，自是须得细细品读，上面的简略分期，只是我收到书后迫不及待"速读"后的印象而已。然而其中令我停下来细读的，却是锺书先生1959年写给夫人的十首"情诗"——这组诗特别在卷首以钱老手迹印出，可见其"重要性"。

其中第三首，是追忆初见杨绛的印象，形容她的面容是"蔷薇新瓣浸醍醐"，猜想她小时洗脸是否"曾取红花和雪无"。这令我想起《围城》里的唐晓芙来，作者形容她的天生的好脸色是"新鲜得使人见了忘掉口渴而又觉得嘴馋，仿佛是好水果"。于是再度印证了我"对号入座"的猜想：杨绛是唐晓芙的模特儿。

第四首，钱老追忆当年结婚出国，年轻的妻子辛苦持家，乃有"从此翻书拈笔外，料量柴米学当家"之句。对照1936年在英国时所作的《赠绛》"忧卿烟火熏颜色，欲觅仙人辟谷方"句子，爱妻之情尽在言中。

第五首，钱先生为也是才女的夫人在他盛名笼罩之下抱不平，"偏生怪我耽书癖，忘却身为女秀才"，很不"大男子主义"，给人好感。而以他俩学养才情的"绝配"，必然不断引来"赵明诚与李清照"之比拟，不胜其烦，因有"自笑争名文士习，厌闻清照与明诚"之句（第六首）。其实明诚早逝而清照苦寡，怎及钱氏夫妇神仙眷侣，从少年夫妻做了一甲子之后的老来良伴！

这组诗的最后一首，钱老早已为他们的白首偕老写出这幅美丽的画面："翻书赌茗相随老，安稳坚牢祝此身。"几年后虽然历经劫难（见杨绛的《干校六记》），到底还是在共同的兴趣教业中"相随老"，如此眷侣，也真够教人艳羡了！

原载 1995 年 3 月 13—14 日香港《星岛晚报》

又见杨绛

江南女子

今年年初，出版界前辈范用先生，郑重托人从北京给我带来美国钱锺书先生的诗集《槐聚诗存》，由杨绛女士亲手钞录，精致典雅，令我爱不释手。唯一遗憾的是范先生未能求得作者和"钞录者"的签名，因为钱先生住院已近半载，而杨先生身体亦不是很好。

5 月下旬，我有一趟短暂的北京之行，收拾行李时心念一动，便把《槐聚诗存》放入行囊——抱着万一有幸得见二老的希望，这本来自北京的诗集又被我带回了北京。

钱先生依然卧病在医院，不便打扰。范用先生为我联系上杨绛女士，到底是范先生面子大，一向不大见客的杨绛，竟表示欢迎我们过去坐坐，真叫我喜出望外。

上一次，也是头一回见到钱、杨二位，是 1980 年圣诞节，匆匆十四年半过去了！那时他们大概刚搬进三里河南沙沟的新楼不久，我还依稀记得客厅的字画陈设。这次再去，楼房是陈旧多了，但屋里大致依然，书橱书桌好像也是同样方位。

杨绛女士显得清癯了些，头发也比从前花白得多，剪得短短，用一条带齿的细发箍整齐地抿到耳后。然而她的神态、嗓音，十几年了一点也没变——很可能几十年也一直是这样的：温婉、秀雅，带点娇怯和不容置疑的慧黠。我提醒自己，面前这位老太太已是八十四高龄了，然而她的娇小和细细绵绵的语音，仿佛一个好聪敏好水灵的江南女子，款款行来道来，而时间——时间已不再具有意义，因为有些东西是可以超越时间的……

她见我万里迢迢又把《槐聚诗存》带回来，大概觉得颇够诚意，便在书桌前坐下，取笔、蘸墨，在扉页题了款，又取出两方圆章盖上，是一大一小的"钱锺书"与"杨绛"。盖图章时她还笑笑说："夫在前，妻在后。"因为是她在说，又因为这对夫与妻是钱锺书与杨绛这对神仙眷侣，也因为她说时那般的自然雍容却又带些俏皮。不要说是我，我想就算是位激进的女权主义者，也要对这么可爱的老太太的话回报以微笑吧？

在她的身上，有些时间不可磨灭的东西，然而在她的周围，这些东西——譬如一种精致、淡雅、从容的品位，一份人文的卓尔与情操……都在一场大破坏里逐渐式微、随风而逝……

才子的妻子

作为中国当今第一博学才子，钱锺书的名气太响亮了，因而他的妻子杨绛，不免常要被冠以"钱锺书夫人"的"头衔"。或许有人会为这位才女抱不平，甚至好奇"当事人"怎么想？其实，

《槐聚诗存》杨绛题字

与杨绛、范用合影（1995 年 5 月 23 日）

看得最透彻的大概还是"杨绛先生"钱锺书，他在赠夫人的十章绝句中就有"偏生怪我耽书癖，忘却身为女秀才"之句（见钱锺书《槐聚诗存》线装本六十六页）。

杨绛这位"女秀才"，她的读者们当然是不会忘却她的，更不会因为她的"头衔"而忽视她。她曾这样写钱锺书的几个"文学面貌"："我认为《管锥编》《谈艺录》的作者是个好学深思的锺书，《槐聚诗存》的作者是个'忧世伤生'的锺书，《围城》的作者呢，就是个'痴气'旺盛的锺书。"同样地，杨绛也有她的"文学面貌"：翻译英、法、西班牙文等世界名著（包括大部头经典《堂吉诃德》）的译者是位严谨博学的杨绛；文学理论《春泥集》《关于小说》的作者是位博览群籍、见识独到而又文采斐然的杨绛；剧本和小说的作者是才华洋溢的杨绛；而写散文尤其是传记式文章如《干校六记》《记钱锺书与〈围城〉》《将饮茶》的作者，是我觉得最可亲、最可贵的一代才女杨绛。

在"忆往"的几集散文里，有不少篇是杨绛写别人的，然而也像镜子般照见她自己：天真的小女孩、负笈远洋的少妇、辛勤持家但绝不失生活情趣的主妇、坎坷年代的中年老知识分子……无论是记述哪一个年龄、哪一种逆遇，始终有一份从容恬淡的气质悠游其间，形成杨绛散文的独特风格——那是不能学也学不来的，是一份古典人文（不是"文人"）的气质，是属于一种渐渐在式微、在消逝中的文化价值的一部分，像是要挽留亦挽留不住、要培养也再培养不出来的珍品，思之令人怅然。

有时想想，像杨绛这样的女子，若是生在另一个时代，不必受《干校六记》那样的折腾，会不会幸运得多？然而作为中国女性，生得更早可能难以发挥才情，而生得晚些呢，培养出那份古典的精致的大环境恐怕就难以为继了。若是生在外国呢？很可能是另一个珍·奥斯汀（总觉得两人慧黠闪烁的才华真相像）……

但是，杨绛若是生在另一个时空，她就不会遇见钱锺书了。怎能想象，她嫁的不是钱锺书而是别人？

所以，也许，她一点也不介意"钱锺书夫人"这个头衔的。

《围城》的小秘密

因为自己写小说，而最不喜欢被人追问："某篇里的某某人写的是谁？"所以也绝不会对"同行"提出同样的问题。小说就是fiction，纯属虚构也者，一对号入座就煞风景了。

可是遇上自己极喜欢的作品，而又有幸识得作者，则不免好奇——好奇他如何抟捏、拆解、融合、点化出那些角色来。无论经过怎样的"建构"和"解构"过程，角色还是有它的"原型"的。至于这原型如何发展成书中呈现的面貌，就是小说写作的耐人寻味之处了。

多年前见到钱锺书和杨绛二位时，心里高兴加上少不更事，把自己的直觉脱口而出："杨先生一定是唐晓芙的模特儿！"二老虽笑而不答，并无不悦之色，我心里还是有些自悔孟浪。后来读到杨绛写《记钱锺书与〈围城〉》为《围城》的故事与人物作了些注解，她虽自嘲是"像堂吉诃德那样，挥剑捣毁了木偶戏台"，我这"《围城》迷"还是读来津津有味，一点不感"煞风景"。（可是我注意到她完全没有提及唐晓芙的"出处"。）

李黎女士：

　　来信垂恩寄照片均收到，谢。更要谢、贺统儒在百忙中偷闲来访问。可惜这回只我一人在家。一别十余年，你依然风华正茂，我近年劳瘁之膝，老得可怜了。今堂想必和你同样美好，我羡慕得很。

　　我母挑好房，父挑业纬师，我改读政治系，毕业那年学校闹风潮停课，我未作论文就得了学位，以上几点，我先占了唐晓芙的便宜儿，其它就和我好不上号了。告诉你这点点小秘密，博你得意一笑。

　　钱书依旧很不退，身体极弱，但神识甚清。我已转送了你们和郑研来芝先生的问候。他点头称谢，并祝你们好。便中请代候郑先生。率、印颂

　　俪福

楊絳
一九九五年六月二十二日

范用同志特化你^你寄信来，我已去谢、他。你可去谢、他。

杨绛信（1995年6月23日）

今年初夏我去北京时登门拜见杨先生，回美后写信向她致意并附上大家的合影照片。过不多久杨先生竟然回信，且依然是娟秀工整的小字，令人欣喜。等读完第一段的"引文"之后，第二段话让我眼睛一亮：

> 我母亲姓唐，父亲业律师，我攻读政治系，毕业那年，学校因风潮停课，我未作论文就得了学位。以上几点，我充当了唐晓芙的模特儿，其他就和我对不上号了。告诉你这点儿小秘密，博你得意一笑。

我在心里轻轻"啊"了一声：事隔十余年，她还记得我那句"唐"突之言！现在不必我提，她且"和盘托出"，却又把住限度："其他的就和我对不上号了。"我当然知道故事情节绝对不需对号，可是那段对唐小姐外貌无懈可击的形容，我相信还是可以对号的（但这多余的话自然不必对杨先生提了——她比谁都更有数儿）。

而她的幽默感也在这里了："告诉你这点儿小秘密，博你得意一笑。"一笑便好，特别点出"得意"，是她早猜得到：我由她亲口御言印证了十几年前的一个"假说"，又从未见诸文字落实的，岂能不十分得意？即使我故作无所谓状，她也将我看透了。我眼前浮现她的面容，完全可以想象她慧黠而会心的一笑！——慢着，这样的笑容，我像是在哪里看过……莫非是在苏文纨的家中？

原载 1995 年 6 月 17—19 日香港《星岛晚报》

背　影

　　前几天收到北京友人寄来的《一寸千思——忆钱锺书先生》一书，是今年春天出版的，收有一百余篇追忆钱锺书的文字，还有十几页照片及手迹。最让我眼光不忍移开的，是封底的一幅黑白照片：两位老人的背影，并肩走在景象萧瑟的冬日石板路上——那正是钱锺书与杨绛。

　　钱锺书先生在 1998 年 12 月 19 日逝世。由于十多年前曾经上门拜见过钱氏夫妇，其后通过几封信，也再见过杨绛女士。消息传来时便有人提醒我，是否该写一篇悼念文字了。我当时心中有许多感触，沉吟再三，还是没有写下片纸只字。想自己并非学者，对钱氏博大精深的学问根本无法窥其堂奥，至于私谊更是称不上，悼念文章怎么说也轮不到我来写。

　　当年以我既非门生故旧也非学者名家的一介年轻人，竟然能够得到"中国第一博学才子"夫妇允见，我却根本不知有多特殊难得。十九年后回想那个冬日上午，二老温和又风趣的音容笑貌依然清晰。而自己当时感到的欢喜，也长久萦绕心间。正因为如此，我并没有把见面经过写出的念头，主要是觉得那是一次纯属个人的经验。一份亲切美好的感觉，并不需要公诸于世的。

后来才知道钱锺书深居简出，对不喜欢的人不讲情面，尤不喜那种见过一面就夸夸大写其访问记的人，他譬喻之为《镜花缘》中的"直肠民国"。想到自己大胆登门求见，说话亦无避忌，二老却都含笑包容，不免暗叫惭愧。或许是当时《干校六记》年代的经历犹新，二老见多了人与人之间的恶浊心机，来自另一个天地的年轻人的天真忱挚，给他们俩留下不一样的印象吧。总之我珍藏着这段往事，却并未特意形诸笔墨。

中年经历变故之后，使我对世事看法有些不同，常思写下珍视之事，只为着保存记忆，不致漫漶流失。正好1992年偶得钱锺书一封昔日写给我、却被转交之人无心"珍藏"而"迟到"了十二年的信，过程十分有趣，我便修书征求二位应允将此事写出发表，顺便记下当年见面的回忆。钱老立即回信同意，"旧函为人收藏逸事，随妙笔渲染，我无异议。"杨绛也附笔："我很想读你的回忆……"我便写了《一封"迟到"多年的信》，下笔之际一边回想一边感慨：人生能有多少个十二年可供挥霍蹉跎啊！

1995年春天我才再去北京，把方收到不久的线装版《槐聚诗存》带上路，想请钱锺书用他那遒美的毛笔字签个名，却听说钱先生住院已近半年了。我来到十多年前到过的那幢楼，屋里陈设依旧，却只有杨绛一人在家，代两人为我在诗集扉页题款盖章。当然不便去医院探望，却是再也不得见了。钱先生在那里一住四年有余，神志清楚而身不能动口不能言，上天折磨人何至于斯！

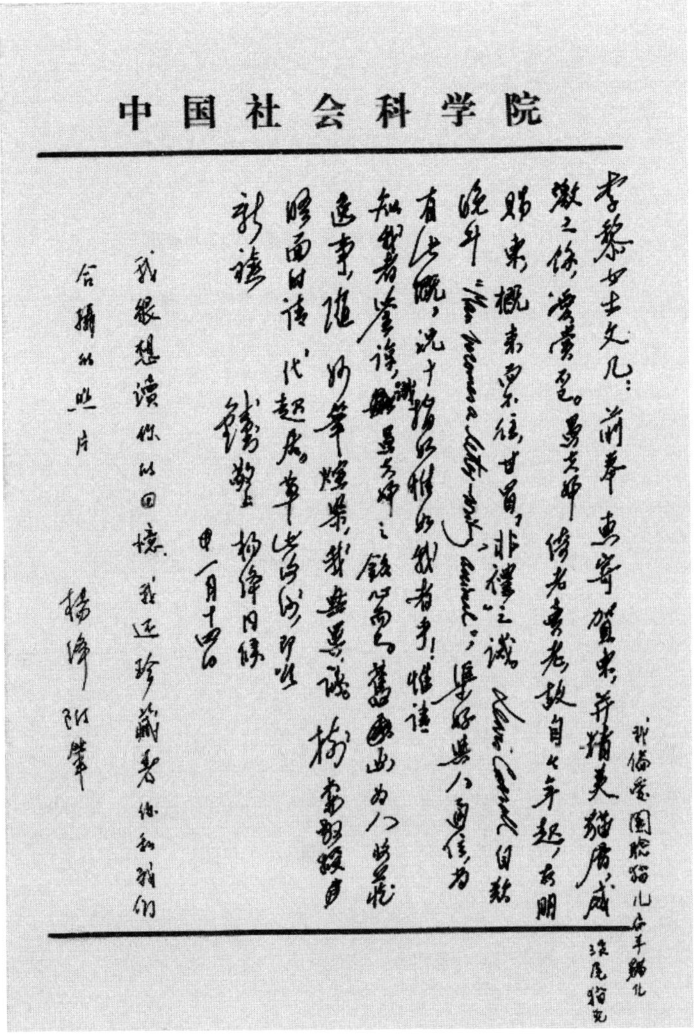

中国社会科学院

李蔡女士文几：前承惠寄贺卡，并精美猫历一册，徼之饰，增华壁色。勇老师修名素著，故自今年起，专期赐寄概素不往，甘冒"非礼之诮，……

晚年"Man proposes, God disposes……"

新禧

钱锺书 杨绛同候
一月十四日

我偏爱图中猫儿，绘手颇化……法尾猫兔

我很想读你们的回忆，我还珍藏着你们的那些……

杨绛 附笔

合摄的照片

钱锺书信（1993 年 1 月 14 日）

李黎女士

深感您的唁问，也喜欢你卡片上的莲花。

谢谢。

我终年生足兄病，也还有许多事要忙，

不过总料还能支际，家有阿姨照顾，稍给。

祝　阖府安吉！

杨绛

一九九九年五月三十一日

杨绛信（1999 年 5 月 31 日）

后来（1997 年春天）又得知更惨痛的消息：二老的独生爱女"阿圆"（北京师范大学教授钱瑗）患癌症病逝。做母亲的独立承担噩耗巨痛，结果还是瞒不过病榻上的父亲。此时此情何以堪受，我几度想提笔写信终又搁下——真正是词穷无言以对的时刻。

钱锺书去世，是大解脱，我选了一张白莲花的卡片寄去给杨绛，附上的话大致是："这样的时刻，连文字也无力了。唯一能安慰的是一个信念：会有那么一天，我们和最爱的人，将在一个美好的世界里永远相聚……"当然不期望回音。然而五个月之后，竟意外地收到杨绛的亲笔短信，说谢谢我的唁问，也喜欢卡片上的那朵莲花。寄吊唁者何其众多，老人家竟然如此周到——我想，她是真心喜欢那朵白莲花吧。

那么多篇怀念钱锺书的文章，没有不盛赞他的博学，也鲜有不提到他的淡泊，他的潜心埋首学问、不求闻达。在这"大师"桂冠满街奉送的年代，真正无愧为大师的先生，却是"人不知而不愠"——在中国大陆，早年（1949 年到 80 年代之前）很少人知道他，而一般人根本就不可能理解甚至想象他的渊博高深。他的老友李慎之的悼文题目是"千秋万岁名，寂寞身后事"，其实钱锺书从不求名，也不在乎寂寞。"默存"之名真是名副其实了。

从书中所附的照片看得出，丧礼是简单至极的，没有花圈挽联和任何仪式。杨绛依然娴雅安详，默默凝视着结缡六十余载、却先她而去的伴侣。钱锺书躺在一口薄薄的棺椁里，遵照他生前意愿将遗体火化，骨灰"就近抛撒"。无论是一整个时代的文学典范，或者我个人一己的亲切回忆，都随之撒逝，不再屹立如昔。"他的逝世，象征了中国古典文化和 20 世纪同时终结。"

原载 1999 年 12 月 20 日《中国时报·人间副刊》

一个人和三个人

    2003 年的夏天，我在上海的一家大书店里，买到架上最后一本杨绛写的《我们仨》。当时这本书和《往事并不如烟》一样畅销，总是供不应求。我知道这是一本悲伤的书，但还是迫不及待地打开。读着《我们仨失散了》那篇，眼泪早已簌簌地流了满面。

    "我们仨"是钱锺书、杨绛夫妇和女儿钱瑗（小名阿圆），极其亲密又紧密的一家三口。他们不仅是天伦至亲，而且是学问和知性上的至交。因而格外无法想象：当其中两人离去，独存的那一人何堪承受？那便是杨绛——先是丈夫卧病，长年住在医院，靠她每天悉心照顾喂食；接着女儿患脊椎癌，一年后不治病故；随后丈夫也终于去世……这一连串的打击，对任何人都太残酷了，何况是一位八十多岁、体力原就衰弱的老人？但她竟坚强地活着、整理他们的遗著、书写他们的事迹。《我们仨》这本书出来，无论原先知道或不知道他们的人，都被这样巨大的悲剧——以及杨绛巨大的爱的力量所撼动。

这本书的第一部分，就是写三个人最后只剩下一个人的过程。该怎样为这篇文字归类呢？世间最艰难的死别，她竟以一场悲伤的万里长梦来描述，场景是带着超现实意味的荒凉"古驿道"，她做梦似的一程又一程在道旁河上送走至爱之人。文字凄美、温柔、惨烈，充满象征意味而又历历如绘。这是小说，还是回忆录？在这条生离死别的"古驿道"上，眼看着亲人慢慢被死亡带走，她日日忧惧、锥心泣血地挽留，先还有女儿陪伴，后来竟连女儿也走了。春去秋来，身心交瘁，她依然苦苦追随不舍，直到那艘载着至爱的人的小船空了……

1998 年岁末得知钱锺书逝世的消息，我寄去一张绘着白莲花的慰问卡片，此情此景，世间已再无足以安慰的话语。半年之后收到她的信，说她还能支持，有许多事要忙……果然，再过没多久她就寄赠我一本她刚翻译出的《斐多——柏拉图对话录之一》。她真的还在工作哪！我感到了她的生命力，放心了。接着《我们仨》问世，更显示了这位九十岁老人的惊人意志力——那是爱的力量：不仅是她一个人的，而是三个人的。

同年冬天去北京，我随着《我们仨》的责任编辑、也是我的北京老友董秀玉女士一道去探望杨绛。这是我第三次去她的家，算算离上回见她竟有八年多了，那时钱锺书已住进医院，她也在"古驿道"上奔波了半年，但至少女儿还在，而今就她一个人了。

还是这栋位于北京三里河南沙沟的简朴的公寓楼房。1980年的圣诞节，我第一次上门拜访当今中国第一博学才子钱锺书和夫人杨绛。那时的我年轻不知天高地厚，见到他们觉得很亲切，竟然心直口快地想到什么就说就问，还提出《围城》来对号入座，断言唐晓芙的"原型"就是杨绛。其后才闻知他们婉拒访客是出了名的，直率的钱先生甚至还会不假辞色地给人钉子碰，不禁暗叫侥幸！想来二老对女孩子可能有一份爱屋及乌的纵容吧，就像我对小男孩，心里总是有一块特别柔软的地方。那时钱瑗正在英国进修，所以没见着。后来杨绛说她最喜欢我们那天的合影，因为那张照片里钱锺书的右手轻轻搭在她的左手上……那时的钱锺书还一头黑发，虽然都已年近七十，两人模样还好年轻。

那次之后未曾再见钱先生，说起来缘于一桩误会——钱先生称之为"小小的悲喜剧"。原来我见过他们之后，回到美国便去信致谢，并寄上大家的合照，可是一直未见回音，心想，必是大学者们时间宝贵，便不再打扰他们了。其实他俩回信了，而且非常热情，邀我下次去北京再聚，却是托人转交，而受托之人竟忘了把信给我！更奇的是：十二年后传信人竟在旧物中发现这封信，方才交到我手中。我告知他们此事，皆以为不可思议。岁月无情催人老，尤其对七八十岁的人，十几年又是一番沧桑。待我再去北京时，钱锺书已进了医院，杨绛为我在钱先生的《槐聚诗存》上代题了字。未能再见到钱先生是极大的遗憾，令我久久无法释怀。

这回见她风度还是那么娴雅，想起我第一次见到她就打从心底喜欢她——喜欢她的文章也喜欢她的人。她仍然记得这些年来我们交往的一些趣事。她比我母亲大一岁，但行动非常轻盈，让人完全看不出她承担的痛有多重。她说：你要是早几年来，钱锺书还在，该多好。又抿抿头发说：现在我老了，不好看了。我说：怎么会呢？您就跟我母亲一样，永远是最好看的老太太。她说：你母亲好福气。我懂她的意思，想告诉她：拥有过最美好的，也是福气。然而无须我说，聪慧的她何尝不了解？她又说了一遍：你来了，要是钱锺书在多好。

同一间屋子，相似的家具摆设，却已物是人非。时间流逝了将近四分之一个世纪，带走的是永远无可追挽的岁月与人……一份怅憾无奈之感，令我心潮起伏难以自持。还好，这时杨绛指着书架上的猫咪卡片要我看……

她和钱锺书都是爱猫之人，当年自家的宠猫跟邻居林徽因的猫打架，钱锺书还御驾亲征拿着竹竿去助阵呢。与他们重新通上信之后几年，我都在岁末寄赠他们猫咪月历，她回信时会指出哪几只最可爱。前年送她的是张贺卡，三只抱在一起的小猫，知道她一定会喜欢的，果然放在客厅书架上。当然，书架最高最显眼的地方，摆放的大照片就是"我们仨"多年前的合照，收在书的扉页。

杨绛拿出她新版的小说《洗澡》，题款签名送我，然后又拿出一本《我们仨》，说：这本书不能签名，因为也是另外两人写的……所以只盖章。三人的图章，盖在扉页照片各自的像下："钱锺书""杨绛""阿圆"——"圆"字是个圈圈，中间一点，像象形文字的太阳。

杨绛说她现在做的是"打扫现场"的工作，我想就是整理记忆吧？记忆是整理不完的，尤其是她一个人承载着三个人的美好记忆。也正是这份承载，支撑着九十多岁的她还在不懈地生活、工作。我想到出生在俄国、定居法国的小说家安德依·马金尼，以他深爱怀念着的法裔外祖母为主角，写出一部自传体小说《法兰西遗嘱》，获得法国龚固尔文学奖。当他被问及写《法兰西遗

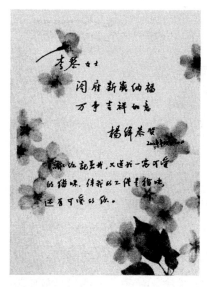

杨绛贺卡（2005 年 12 月 24 日）

嘱》这本书的动机何在，他的回答深深打动了我：

千百种理由背后其实只有一个真正的理由：把一个人从完全的遗忘里拯救出来，将他从死亡的阴影中解脱。我们无法忍受深爱的人死去，无法忍受他被遗忘淹没，只好用书写重塑他的生命，让他摆脱死亡。这种神奇的力量，任何医生、哲学家、魔法师都无法办到，只有作家能够。

深爱的人永远离去，一个人必须承受的不仅是终极失落的痛楚，还得承担与遗忘拔河的重任。幸好，杨绛拥有文字这种神奇的力量，让她和她爱的人，超脱了死亡与遗忘。

2005 年 3 月 10 日于美国加州斯坦福

百年才情

——岁寒访杨绛

2008 年春天，我的母亲以九十六高龄过世。母亲喜欢看书，头脑始终清晰灵活，只是最后两三个月已经无法起床了。我把杨绛新出的《走到人生边上》放在母亲床头，鼓励她说："看看人家杨绛，比你大一岁还能写书呢！"她却已无力气看了。以往母亲爱读杨绛，直夸："这位老太太长我一岁，头脑这么清楚！"我在母亲家中读《我们仨》，好几回泪流满面，母亲见了体贴地不多问，我读完之后母亲也捧起来读了。

母亲去世后我更常想到杨绛。上次见她已是五年前，2003 年底。那时《我们仨》出书不久，女儿钱瑗、丈夫钱锺书早已先后去世。她已翻译出《斐多》，航邮寄赠了我一本。她以余年"打扫现场"——整理钱锺书先生数量可观的手稿笔记，"她认为保存手稿，最妥善的方法是出版"，传记《听杨绛谈往事》里这么说。保存对一个人的宝贵记忆，最妥善的方法，不也是通过文字留存吗？

五年前的那次见面之后，我曾几度去北京却都没有找她，只因不想打扰她的生活。我知道她要做的事还很多，绝非闲坐家中盼望小辈来打发时间的老人家。这回 12 月赴京前，朋友从台湾捎来时报版的《听杨绛谈往事》，还没来得及读就动身了，去到北京怎样也压不下想见她的心念，于是打电话托我的老友也是她熟识的董秀玉女士代禀来意。董女士一直是杨先生在三联书店出书的编辑，直到退休为止。大约三十年前我第一次到钱府登门拜访，就是董秀玉陪我去的。不久，就接到董秀玉回电转告：杨先生说李黎那么远回来一趟，明天下午过来吧。真没想到已闭门谢客的老人家还肯见我，在严寒的北京冬日里，心头泛起一股暖意。

2008 年 12 月 24 日，在北京三里河的钱杨寓所又见到了杨绛先生。照中国算法，辛亥革命那年出生的她，已经九十八岁了。

多么巧啊，第一次见她和钱锺书先生也是这个时候——1980 年 12 月 25 日。那是我第一次、也是唯一的一次见到钱锺书；第二次去就只见到杨绛一人了：1995 年暮春，5 月秒，老出版家范用先生与我同去拜访杨绛，带着钱锺书新出的诗集、杨绛手抄的《槐聚诗存》想请他俩签名。去了才知钱先生已住院大半年了，几时出院遥不可期。杨绛代钱锺书签名盖章，把钱先生的名字写在她前面，她一边盖章一边浅笑着轻轻说："夫在前，妻在后。"令我印象深刻极了。

这次我在北京四度访杨绛，正是钱锺书逝世十周年之后不久。还是这同一间屋子：他们是 1977 年初搬进这间三楼上的公寓式单元的，三卧房一客室，三十多年了，地上还是没有铺地板，依然如传记里描述的"素粉墙，水泥地，老家具"。多年来两位"国宝级"的学者维持着简朴的生活，用今天北京高级知识分子的标准简直称得上"清贫"。他们动辄数十万甚至上百万的版税收入，全都捐给清华大学教育基金会的"好读书奖学金"了。

这些年北京已"建设"得面目全非，可是一进三里河南沙沟的那座小区，时光似乎凝止了：依然是那些一排排低低的楼房，窄窄的石砌小路，道旁扶疏的树木……不知怎的，我一下子就感到安心，虽然还没见到人。

杨先生总是坐在会客室里那张大书桌前，见我们进门起身迎接，步履依然轻快。室内布置如旧：书桌、书橱、两张沙发夹一茶几，分别各据三面墙，靠窗的一面摆着两三把椅子，她客气地延我们坐沙发，自己坐椅子，我选择了她旁边那张椅子贴近她坐。

一进门就注意到会客室里放着好几只大花篮，知道是为着钱先生十周年忌日人家送的。上次来，柜子上放的是"我们仨"的合照，现在换成一帧钱先生、两帧钱瑗的单人照。书桌上还是一叠叠堆得高高的书籍纸张——她还在勤奋工作哪！

杨绛穿着黑毛衣外罩红背心，银白头发，一贯的清爽、灵秀，脸上带着微笑，不疾不徐地细声说话，时有妙语。就像《听杨绛谈往事》这本传记书里说的，从小她就是个爱笑的小女孩。那曾被钱锺书诗句形容为"蔷薇新瓣浸醍醐"的姣好面色依然细致白皙，岁月的痕迹只是一些淡淡的老人斑。我还注意到她的牙齿依然齐整——想到钱锺书在《围城》里借她的形貌描写唐晓芙的一口好牙，不由得夸赞，可惜她的听觉不行了，看我指着牙齿以为在说她的嘴唇，她便说天气干燥，涂了点凡士林油。她的嘴唇红润得像抹了淡淡的唇膏，一定有不少人提出过"质疑"。

五年前来时她已戴着助听器，对话很容易，现在几乎完全听不见了，戴了助听器也没有用。她提到有一年我寄给她的一张三只猫儿的贺年卡，说不知怎的找不到了，我说回美国那家书店看看还能不能找到同样的一张。然后我问起上次来时她给我看的"袋子里的猫咪"玩具，她却怎么也听不清。我不想对她大声说话，干脆就由她说，我静静听。

　　我带给她一本英文书，全是可爱的猫咪图像。知道他们一家都爱猫，过去许多年，我寄过好些猫咪月历或者卡片，在书店里看到有趣的猫咪书也会想到她。这本书买了好一段时日了，不敢奢望能亲手送给她。临行时还不确定到北京要不要求见，更不能期望她肯见，但还是把书放进行囊——幸好带了，她好喜欢，捧着书仔细地一页一页地翻，一只猫儿也不错过，有的还做点评。"猫儿要圆脸的好看，"她指着一只圆脸、黑毛白爪子的猫咪说，"这只像花花儿。"告诉我花花儿是他们从前养过的猫。我怎么会不知道花花儿的大名呢，不止一次读到过的：为了花花儿跟邻居林徽因的猫咪打架，钱锺书常常从被窝里一跃而起，披衣出门拿了竹竿为爱猫助威。

　　欣赏完了猫咪书，她从书桌上拾起《听杨绛谈往事》来给我看，我以为她会赠我一本，但她说手中仅此一本，用来校对的——果然已经翻得像本旧书了，每隔几页就有折角记号，我瞥见书页里无数小小的、修改的字迹。她说三联出书时因怕盗版（我知道，只要是她的书甚至于有关她的书，一定畅销，所以盗版猖獗），一版就出了十五万册，又因赶印，错字很多。随后，台北的时报文化版本有机会改，错字就少多了，图片印得也比较清晰。

我慢慢翻着书，她坐我旁边，兴致盎然地一张张照片解说给我听，几乎每一张都有话说。我注意到她并没有戴上眼镜，所以她其实是不大看得清楚的，但对这些照片她太熟悉了，朦胧图像也认得出是哪张，其中的故事更是熟极。后来回到美国家中细读，发现她的解说有的书中有，有的并未提及，即使提到过的，由她讲来也更为仔细生动。我才感到自己何其幸运，竟聆听杨绛亲口为我一人讲述这些故事！

从第一张她一岁时胖嘟嘟的着色照片讲起，第二张是妈妈抱着她坐膝上，她带点抱歉的语气说：那时妈妈肚里已经怀着大弟，她还压在妈妈的肚子上！后来是上海启明和苏州振华这两个女校的少女时代，她谈到两个学校的不同。好笑地看着自己穿着臃肿长棉袍的模样儿，"看见袍子底下两个亮亮的点子吗？那是我的脚呀"。

她特别深情款款指点的照片是清华古月堂的大门，纵使书上有说明她和钱锺书第一次见面就在这里，她还是特别加强语气告诉我："这就是我和钱锺书第一次见面的地方！"不多久之后就是两人的订婚照，在苏州杨府全家大合影。她惋惜地叹道：这张照片没有拍好，站在最右边的七妹夫和小弟脸孔模糊了。

另一张特别用心而且愉快讲述的，就是女儿从英国寄回来的照片，上面除了钱瑗一个人之外还有一只鹅。杨先生笑意浓浓地解说女儿在照片背面写的话——"他们仨"许多对话都有"典故"，只有自己才懂，给外人看时往往要加批注，照片后的短短两句英文也不例外。从"鹅"（goose）的"呆鹅"含义，到钱锺书给女儿起的雅号"学究呆鹅"（Pedagogoose），杨先生津津乐道钱家父女之间开的风雅的玩笑，仿佛是昨天的事——其实那已是三十年前了！

看得出她还喜欢的几张是夫妻俩赴英国留学和在巴黎的日子，在船上拍的合照，牛津的导师、住过的屋子……还有1949年暮春，钱锺书意外得到一笔美金稿酬，两口子"阔气"地玩杭州游西湖。翻到钱锺书戏仿"马二先生"的《钱大先生游杭州记》日记手迹那页，她絮絮地讲述那次难忘的快乐出游。我想那是最后的春天了，后来的岁月接二连三发生了许多逃避不了的苦难，她却幽幽带过，只说了高崇熙教授和七妹一家的惨烈悲剧，口吻还是如常。倒是动乱安定之后，他们终于开始过上不再是心惊胆战的日子，甚至是备受尊崇礼遇的场面，她却并不多言，只在二老散步的背影那张停顿片刻，用听得出是欣慰的语气说：时报出的版本，特别用了这幅放在书后头（是淡淡地印在书腰带上，很美）。

让我看着最难过的一张是钱先生卧病在床，插着鼻饲管，眼睛却还炯炯有神地睁着，杨先生说："这张是我拍的。"这张照片以前从未曾公布过。我看着心中不忍，急忙翻到下一张，偏就是杨先生坐在棺木前"依依不舍送锺书"，那张我已在纪念集《一寸千思》里看到过了，再看到比较不会太难过。这时，董秀玉也坐在一旁，悄悄在我耳边说："如果还是我做编辑，就会劝她不要放上钱先生在病床上的那张照片。"我点点头表示同意，但后来想：对杨绛来说，钱先生卧病四年多，她每天面对心爱的人的模样就是这样的，睁开的眼睛表示他还能与她沟通，正如《我们仨》里她写"古驿道"上的依依送别，只要他还在面前，就没有永别啊。

九十八高龄的女子，声音还是那么细致好听，跟外貌一样，听起来好年轻。董秀玉又讲起杨绛打电话给她母亲的趣事：杨先生在电话上礼貌地问董老太太该怎么称呼，董母以为是个跟女儿同辈的人，回说：就叫我伯母吧。其实杨绛年纪更大呢，但从此就称董秀玉的母亲为"伯母"了。难怪董老太太在电话里听不出杨绛的年纪，其实看模样也不像近百岁的老人，走动起来轻巧灵活，我暗想：倒是有"花花儿"之风哪。

杨绛笑笑眯眯打量我，夸道：你还是这个样儿，一点儿都没变！同时也周到地夸董秀玉也不老，说："你们啊，就像我们家乡话说的，年龄都到狗身上去了！"我们回敬她：您也一样啊，年纪也没往自己身上去呀！三人相对大笑。她的"家乡话"有很多用动物打比方的可爱的形容词，比如说钱锺书跟着伯父念书是"老鼠哥哥同年伴儿"；女儿小时穿的皮鞋太硬不好走路，长辈说"像猩猩穿木屐"；父女俩一块儿玩是"猫鼠共跳跳"；当年她被老校长逼着"打鸭子上架"，担任母校振华上海分校的校长，她用父亲的话说是"狗耕田、牛守夜"……由她道出格外俏皮生动。

当初读到她的小说就觉得聪敏慧黠像 Jane Austen(杨绛译为珍·奥斯汀)，果然，从传记里证实了她早就欣赏奥斯汀，50 年代在文学所外文组里就提出过：奥斯汀是西洋文学史不容忽视的大家，可是那时没人重视她的言论，还反问：奥斯汀有什么好？于是后来她写了《有什么好》，探讨奥斯汀小说的好处。我也暗暗觉得她聪慧机灵如金庸笔下的黄蓉，对"书呆子"钱锺书的一往情深和体贴照顾，也似黄蓉对她的"靖哥哥"。不过这个想法可不敢跟她提。

杨绛提起钱先生总是连名带姓地说"钱锺书"。五年前见到我时说了不止一回：钱锺书要是还在，看到你一定很高兴。我想不出自己有什么长处会让他俩喜欢，唯一的解释是：在他们眼中，我可以归类到"女儿"的一型，产生"移情作用"吧。在他们面前我不是什么作家或者求学问道的人，我无所求于他们，只是由衷地敬爱，对她更是打自心底里喜欢，尤其她娇小的个子、整齐地往后梳的银发、文雅又带些俏皮的说话神态，跟我母亲很相似，让我很容易就把眼前的杨绛当成妈妈般的亲，这份发自内心的亲近她大概感觉得到吧。

记得五年前见她时，我的母亲已定居上海一段时日了，我告诉杨绛母亲的近况，她点点头叹道："你妈妈好福气。"我一时不知怎么接话。那时书柜上放着"我们仨"的合影，照片里那个圆脸蛋乖女儿已先她而去，我太了解孩子先父母而去的创痛是人世至恸，我想说：是我的福分，还有妈妈让我奉养……结果还是讷讷地什么也没说。

更记得1995年她为《槐聚诗存》给我签名盖章时说："夫在前，妻在后。"那时只觉得好玩儿，也有些诧异，想她如此博学又"西化"的人，这方面倒很"旧式"呢。如今读到《听杨绛谈往事》书中她这段话：

> 锺书病中，我只求比他多活一年。照顾人，男不如女。我尽力保养自己，争求"夫在先，妻在后"，错了次序就糟糕了。

这才恍然大悟，原来她的"先、后"竟是那个意思！她是撑着不能先走，若走在前肯定放心不下。这个迟来的领悟令我心为之震动，久久未能平复。

见她的那天正巧是圣诞夜，杨先生从书桌旁挪出一棵小小的"圣诞树"，笑盈盈地为我同去的孩子点亮——传记书《后记》里提到，前些年岁尾杨绛因小恙住院一周，医护人员对她关怀备至，出院时一位年轻的大夫送她一棵圣诞树，接上电源，小树就五彩缤纷地闪烁起来。我的晴儿听见这位中国老奶奶说话一下冒出一个英语词，一下夹带法语，颇感惊讶，我告诉他说：她还会西班牙文，翻译过《堂吉诃德》呢！把这个小 ABC（美国生的中国人）"震"得只有乖乖坐好、静静替我们照相的份儿。

冬天日短，窗外天色早已暗下来，董秀玉说：杨先生要累了，咱们走吧。我心中不舍也无可奈何。与她握别，她的手不特别柔软也并不粗糙，九十多年来这只手成就了多少事，写出多少字，还服过多少粗重污浊的劳役。光是这只手就是个奇迹的制造者。

他们寓所的小区还是一样安静，外观虽然陈旧了，老人家还可以在院里散步，我想象二老并肩散步的模样，就像那张背影的照片里那样，定格了，永不消逝。三十年前这些简朴的、连电梯都没有的公寓式小楼房，还被称为"部长楼"呢，当年的芳邻们而今即使没有搬到新建的豪宅，至少也"豪华装修"了一番，就只有他们家保持原貌，连地板都不铺。住在三楼，老人家进出还是得一阶一阶地上上下下。别户把阳台封起来增大住宅面积，但杨先生不要，她要保持三口人都在时的原状。

而且，在《我们仨》里，她说过："三里河的家，已经不复

与杨绛合影（2003）

与杨绛、董秀玉合影（2008.12）

是家，只是我的客栈了。"

出了小区，外面就是另一个世界了。我每到她那儿一次，外面的北京城就又是一个面貌，尤其这次奥运刚过，真个是天翻地覆。那晚我们要去国家大剧院观戏，从三里河到长安街，不算长的距离却走了一小时不止——根本不是走，而是车子用难以觉察的慢速度在路面上挪移。往常我大概会心烦不耐，但此时我在车里心平气和地回想与她相聚的点滴，她的从容优雅可以抚平我的焦躁，甚至生命的焦虑。新建成的国家大剧院富丽堂皇，却并不给我亲切之感，连带里面极尽声光之娱的表演也觉得遥远疏离。我的心还牵挂在那间没有铺地板的小室，他们三口曾经生活在那里，哪儿也不想去。他们具备的知识和胸襟，给了他们一个丰饶的精神世界，那里没有语言、文化、国界甚至时空的拘束隔阂，他们可以遨游在古今中外的文学花园里，自在地享受自己珍视的喜好，读书写字，与世无争，不求名不求利，不扰人也但求不受干扰……

为了写这篇文章，我把他俩给我的信取出重读，整整二十八年的岁月在手中几张薄薄的信笺纸上涓涓流过，文字犹在，写下来，就保存住了……这次见面，丈夫和儿子用数码相机拍了几段录像，我请他们放到 YouTube 上，便于与朋友们分享，查询时只要输入"杨绛李黎"就可以看到——只是杨先生自己大概不会上网的。有位陌生人无意间看到了，通过 YouTube 问我："请问您是杨绛先生的什么人？"我沉吟半日，回道："我是杨先生的一个小朋友。"

如果有同样不知情的人问我："杨绛是你的什么人？"我会

毫不迟疑地说：她是我的 role model——虽然我知道，自己有生之年永无可能做到她的完美、她的坚强豁达，但她显示给我一个人、一个女性的典范：在人生不同阶段，面对常人难以想象的苦难时的隐忍从容与坚毅睿智，既会用轻盈典雅的文字写人世百态的剧本、小说、散文，更能用最优美婉约的文笔，举重若轻地描述生命中最沉重无奈的伤恸。

我歆羡的远不仅是她少人能及的才华，更是她的智慧与情操——无论是中年的忧患坎坷，甚至晚年的丧女丧偶，她始终优雅而尊严地活着，在生命的最后一程坦然思考"走到人生边上"的死生大问，为"我们仨"早走的两位至爱保存记忆、"打扫现场"。年近百龄，她轻盈灵慧如少壮时，内心更是有一个辽阔的时空世界，积累了百年的觉知、情爱、智识和体验，而且总是不断从中提炼出最美最好的精华，成就了一则传奇——她却以一贯谦和的口吻，自认自己的生平"十分平常"。

2009 年 1 月 14 日于美国加州斯坦福

"我们仨"终于又团聚了

1998年底，钱锺书先生去世，我寄给杨绛先生一张印着白莲花的卡片，里面写了一段很简短的话："这样的时刻，连文字也无力了。但能安慰我们的是一个信念：会有那么一天，我们和最亲爱的人，将在一个美好的世界里永远相聚……"

这一天终于到来了。

在这一天到来之前，这位坚强睿智的老人家，独自度过十七八年自言是"打扫现场"的岁月，整理钱先生浩瀚无边的手稿笔记，共计出版了三册《容安馆札记》、二十册《中文笔记》和四十八册《外文笔记》。这还不够，她自己还翻译了柏拉图对话录《斐多》，协助出版了女儿钱瑗的纪念集，创作出版了散文集、回忆录、小说（一百零二岁时写成的《洗澡》续集）……这样的工作量和成果，令青壮年人惭愧，却也是银发族稀有的好榜样。而她还是那般优雅从容、云淡风轻，好像一点也没费力气似的。

其实她的身体并不是很好的，多年前就跟我提到过有轻微的脑血栓，医生给了"黄牌警告"；钱先生去世后她回我的唁问信中，也淡淡写道"我经常生点儿病，……不过总算还能支持"，既不抱怨也不逞强，就是她的风格。

在这纷纷扰扰的世间，多少人在为财产、子女、功名、禄位烦恼不堪；杨绛先生几十年来却始终住在北京三里河南沙沟，那栋没有电梯的三楼公寓三房一厅的小单元里，将她和钱先生的稿费版税收入悉数捐赠清华大学"好读书"奖学金，至今累积总数已超过两千万元。两千万，是两人一个字一个字写出来的，是世间最干净的两千万。她给得郑重慷慨又温柔，像大自然给予人间的阳光和春风。

在她晚年思索死生大事的文集《走到人生边上》里，有一篇《胡思乱想之二》，一开头就说："假如我要上天堂，穿什么'衣服'呢？"衣服两字打了引号，表示另有所指，是超越了肉体的灵魂形象。她最后的结论是："甩掉了肉体，灵魂彼此间都是认识的，而且是熟识的，永远不变的，就像梦里相见时一样。"她早已经将那最终极的重逢相聚想得透彻了。

想象她面带那一贯优雅的微笑，怀中揣着这样一份"成绩单"，去到那美好的世界，交给等候她已多时的丈夫和爱女……那样的情景，谁还会畏惧死亡？

杨先生爱猫，我寄给她的贺年卡都挑可爱的猫咪；也送过整本猫的画册，她像选美般逐一点评，结论是："猫儿要圆脸的好看。"不忘加一句："花花儿就是圆脸。"她真专情，大半辈子也忘不了花花儿。我送她的一张三只猫抱在一起的卡片（我暗自称之为"我们仨猫"）她最喜欢。三年前去北京时正逢她为私函被拍卖的事心情不佳，我没敢打扰她，托董秀玉大姐带给她三只小玩具"派对猫"，希望博她一粲。去年也是这个时候去北京，满心以为一定见得上面了，特地在美国挑了一只相貌和触感都几可乱真的小猫带去，准备给她一个惊喜。没想到她那几天住院检查身体，我等不及她出院就要离开了，只好把猫咪托给快递。那快递员看到袋子里露出的猫脸吓了一跳，以为是真的。也不知道她后来收到没有。但我相信："我们仨"团聚时，花花儿也会在场不缺席的。

杨绛先生是一名没有世俗头衔或光环的女性，她是一个妻子、一个母亲、一个作者，全是我可以认同的角色，却是我最尊敬的女子。长久以来，我当她是我心目中一个最完美的形象，一个我难以企及，但时时用以自我激励的楷模。她生于辛亥革命那年，她的诞生是一个时代的开始，她的离去也标志了一个时代的终结：今天再也不会有像杨绛这样的女子了。

她离开了，从此我再也不需要寄猫咪卡片给她了，也再不能抱只猫咪去给她惊喜了。但我真是为她高兴，"我们仨"加上花花儿，她在那个无与伦比的美好世界里会多么快乐啊！

2016 年 5 月 25 日夜，美国加州斯坦福

[范用]

范用（1923—2010），江苏镇江人，著名出版家、中国出版界标志性人物之一。十五岁起即开始终其一生的出版生涯。十六岁入党，1951年后担任人民出版社副社长、副总编辑兼生活·读书·新知三联书店总经理，1989年退休。1979年4月与陈翰伯、陈原、冯亦代、倪子明等一起创办《读书》杂志。另外，还提议创立了《新华文摘》杂志，并曾促成巴金《随想录》、《傅雷家书》、杨绛《干校六记》等书的出版。主要著作有《我爱穆源》《泥土　脚印》等。

这本书的书名，也正是写范用这篇文章的题名：半生书缘。用写范用的篇名做书名绝非巧合——可以这么说：没有范用，就没有这本书。我此生若是不曾遇见范用，这本书里（和书外）绝大多数的人我都不可能见到、结识、结缘。关于这个在我文字人生里如此重要的人，关于他的话、他的事迹，关于他留给我的那些美好的记忆，都保存在这篇与书同名的文字里了。

半生书缘
——记范用

不止一次被人问起：为什么我的第一本小说集是三十年前在北京出版的？为什么早在"文革"刚结束不久，我就能在中国大陆访问那些大名鼎鼎的老作家？

这一切都从一个人开始。他不是一位名人，文化出版界以外的人未必听说过他的名字，但是认识他的人就会知道他是个爱书、爱好书、爱出好书的好出版家。他的名字叫范用。今年9月他在北京去世，终年八十七岁。

这篇文字是我早就想写也早就该写的，原意是想记下与这位亦师亦友的人物三十年来美好记忆的点滴，却因自己的一再耽搁，结果变成了悼念文章，实在并非我的本意。想到这里更感怅憾。然而我相信范用先生是深知我对这些记忆的珍视，有许多已经记载在我的其他文字里。而他收有我的每一本书，也看过几乎我所有的书写，善解人意而又宽容大度的范先生，绝不会为我没有在他生时特意写他而介意的。

1979年秋天，我去大陆之前经过香港（那个年代我从美国去中国大陆都要经中国香港），朋友介绍我到北京时去见一位"北京三联书店的范用先生"，说他人非常好。原来范先生已看过我的几篇小说，因为他对港台文学也很熟悉关注。但我对这位范先生的具体职称和地位却毫无概念，心想反正是"书店"的人，同是爱书人就没错，别的都不重要。待见到这位个头不高、五十多近六十岁的范先生，发现他待人平易谦和、做事干脆利落，立即对他有了一见如故的亲切信任好感——直到后来我才闻知他竟然是三联书店的总经理、《读书》杂志的创办者和负责人，而且是备受尊敬的出版界的前辈。我提出想见哪位老作家进行访问，他就替我联系甚至陪我同去，更多的是他主动带我去拜访认识，似乎没有他敲不开的大门，我这才觉得他真是神通广大。于是我好奇而兴致高昂地跟着他到了北京许多地方，见到许多人……然后，完全没有料到的，他说要为我出一本书。

我和范先生不仅年龄不是同辈，背景更是毫无关联、非亲非故。在那个年代，之所以能一见如故，我想不仅因为文字文学而结缘，还有一个非常重要的交集点，就是我们都刚经历过一个"断层"，却在对方看到那断层的衔接与弥补。我当时从中国台湾到美国还不是太久，在中国台湾成长的二十年里，"禁书"造成了一个中国近代文学的断层，我到美国之后靠着图书馆里的中文书籍来弥补。见到范先生，从他身上我看到那个我错过的年代的文人风范。不仅如此，他还带我领我亲见亲炙那个年代硕果仅存的人物。而他遇见我的时候是 70 年代末期，"文革"刚过，浩劫的瘀伤还在，他周遭我的同龄人有许多不是打倒一切的造反派，就是对古典传承和国外世情一无所知。对于他那一代人这也是一

1979年在北京作协报告后合影［从左往右不分前后排为：范用、作协对外联络部工作人员、朱寨、董秀玉、李黎、某女士（疑似康志强，当时为《诗刊》编辑）、作协外联部工作人员、孔罗荪、作协外联部工作人员、苏叔阳、某人、白桦、张洁、高行健、刘心武、理由、杨志杰］

个断层，而我在那时出现，像是从那片断层里冒出来的一个中国青年的异数。这也是他决定不由三联书店，而由中国青年出版社出我第一本书的原因吧。

我读到一篇写他的文章里形容他和我是"忘年之交"，但正是这个"年"——不但时间而且空间的巨大异质性，反而让我们为彼此的断层互补；同时我们却又有更大的同构性：对文学文字和书籍的爱好、对传统价值的尊重、对友情的珍视……我从他的言行看见惨烈的革命之后，依然温煦地存在的典雅与情操；而他看我，或许是文化荒瘠的年代一株无心飘落在另一块土壤开出的花朵吧。从那时起，我们因文字和书而结缘，直到他今年去世，算来正好是我半生的岁月，而范先生对我的文学后半生影响之深，是我当时未曾预见的。但我更珍惜的，是其后漫长的三十年我们始终持续的友情。

其实，我对范先生既有对长辈的尊敬，也有对平辈的亲切。我对他和他的老友们都有些"没大没小"的，甚至称兄道弟（范先生介绍我认识的老作家冯亦代，跟我通信就彼此互称"李黎兄""亦代兄"），然而再怎样亲切我还是当他为值得敬重的长者，当面或写信从来不敢直呼名讳，总称他范先生。其实，我喜欢称他"范公"，但他不让我这么叫他，说担当不起，我只有对别人提起他时才"范公范公"的在背后叫。因为他的平易近人，我虽然后来稍微猜到他可能有相当不低的党内职称，但他不提我也不问，因为这对我们作为朋友一点儿也不重要，反而是对于他的过去我比较好奇——是怎样的家世，才培养出如此温雅大度的爱书人？他告诉我：小时家穷，穷到父亲是没法活下去而自杀的！这是我万万没有想到的身世，为之震惊而且心痛不已。也因如此，他十五岁小小年纪就去了进步书店工作，从此与书结下不解之缘。

他也从不对我提起"文革"期间遭受的苦难，我还是从一则"趣闻"中才揣测到一二：话说范先生有一次受伤到医院求治，坐在诊室外等候时听到护士大声喊："饭桶！"没人答应，又再喊："饭桶！"才猛然醒悟一定是护士把"用"字看成"同"了，便连忙回应："有！"周遭的人皆瞪大眼睛看他：怎会有人取这样的名字？事实上这件趣事的背后非常悲惨：当时范先生是挨了批斗，被拳脚相加打断了肋骨的。

若不是认识范用先生，我不会被他引荐见到那许多文学史上的人物，结交那许多有趣的文人雅士。我的第一本小说集《西江月》，不但是他推荐给中国青年出版社在北京出版的，而且他自作主张为我请到茅盾题签，丁玲作序——我自己是根本不会想到，即使想到也不会敢提出要求的。后来他还推介过几家出版社为我出了好几本别的书。但我最珍惜的，还是他像带个小朋友一样带我去见文学前辈——他总是先给他们看我的文章（出书后就先送书过去），然后陪我登门拜见：丁玲、茅盾、钱锺书、杨绛……就是这样见到的。

至于他熟识的好友，更是想到就带我一家家地去串门子：画家（也是作家）黄永玉、书法家黄苗子和画家郁风夫妇（所以我靠范公的面子讨到一些珍贵的字画）、翻译家杨宪益和他的英国夫人戴乃迭、剧作家吴祖光和名伶新凤霞夫妇、老作家冯亦代和"明星"夫人黄宗英、漫画家丁聪和沈峻夫妇、老作家汪曾祺、年轻些的张洁……另外，在作协、宴会、私人聚会里，经他介绍而见到的原先只闻其名的文化界人士真是不计其数。连上海也是范先生牵的线，要不是他，我怎么可能访问到巴金？后来成了我在上海最要好的朋友的李子云也是他介绍的，至今我还保存着他手写的"上海文学／李子云"那张小字条。

他安排我到北京作家协会做报告、在"《读书》杂志讲座"对上百名听众做公开演讲。一个兼具台湾和美国背景的年轻作者公然演说，这在1979年、1980年几乎是绝无仅有，而且非常敏感的事，他其实要担很大的责任。现在想来，他对少不更事的我竟有那般的信任，真是连我自己都不敢期望的。而范先生一贯地

与吴祖光、新凤霞
合影（1980）

与范用、杨宪益、
梅绍武等人合影
（1983）

与范用、王蒙、
黄宗江等人合影
（1992）

有担当，也是我日后才慢慢知道的，比如"文革"后他创办了文学、思想、知性的《读书》杂志，在当时要冒相当大的政治风险，范先生就立下了"军令状"：万一出了问题责任全由他一人承担。创刊号就刊登李洪林的《读书无禁区》这样敏感的文章，范公简直是提着脑袋办杂志的。

也因为范先生的提携，我得以与《读书》杂志结缘，那些年写了不少篇文章登在杂志里，直到范先生退休，杂志改换了面貌和性质。他对我的写作始终关注，我无论在大陆或台湾的哪一处出了书一定尽快寄赠他，因为我知道他对我的期许；尤其当面持赠时看他打开书，凑近专注地翻阅，我有一份学生交上自己觉得满意的功课给老师时期待夸赞的喜悦。有一回他点头肯定之后，随即又写一封信来叮嘱我要注意身体、不要太劳累，因为我"写得太凶了"。亦师亦友之外，范先生对我还有一份父执的贴心关切。

从80年代中期到90年代是我们聚会最欢快的一段时日，我到北京就由范先生出面邀请他的老朋友们，由我做东，同时托住在北京的美籍友人许以祺开车一家家去接。老人家出门见面不是很容易，所以这样的聚会大家都非常高兴而珍惜。席间这些文学界艺术界的老前辈，全都纵情谈笑开怀饮宴，甚至像少年人般彼此打趣。我观赏聆听之际，心中充满喜悦与感念：与这些位可爱的人物同席是何等可贵的缘分，而这全是因为范先生！后来老人家渐渐凋零，最后连范先生自己也不复当年的精神兴致了。而今每当读到"忆昔午桥桥上饮，坐中多是豪英，长沟流月去无声……"这几句，就会想到那些年月、那些饮宴、那些人，永远不再的美好时光，流逝如梦去无踪。

范先生在他老朋友面前非常活泼，我看到过一篇文章里写到他喜欢唱歌还提到我，"曾在电话里越洋唱给挚友李黎听由乔羽、谷建芬作的《思念》……"似乎有些不可思议但确有其事——不过并非越洋电话，而是我人在北京与他通电话时他一时"技痒"表演的，歌词是："你从哪里来，我的朋友？好像一只蝴蝶，飞进我的窗口，不知能作几日停留？……"印象最深的是1987年，范先生陪我和刘宾雁、朱洪夫妇去北京城郊的卢沟桥和石花岩洞玩，在车上我和范先生唱了好多首歌，我惊喜地发现我俩都会唱《国父纪念歌》（他的版本是"总理"）："我们国父（总理），首倡革命，革命烈如花……"那次愉快的出游，在其后的岁月里常常忆起。次年，刘宾雁到美国讲学，就再也不能回国，五年前客死异乡。现在范公也不在了，这些记忆越是甜美温馨，越是令人感到无比惆怅。

我总是把范先生当作单纯的读书人出书人，多少年来他给我的印象就是这样，根本不会想到他的政治立场什么的，因为他从来没有显示过庸俗的势利的政治考虑，甚至有时会为他站在风向的另一边而捏把冷汗。像他最为人乐道的出版巴金的《随想录》和《傅雷家书》，今天的人大概难以想象当年出版这两本书所可能遭到的阻挠和非议，那绝对是需要一种专业的甚至道德上的勇气才会去做的事，所以北京出版界流传一句话："没有范用不敢出的书。"我则是看到他对朋友的义气：刘宾雁在大陆一直是个有争议性的人物，有人视他为异议分子，1983年"反对资产阶级自由化""清除精神污染"这些政治运动就公然以他为目标。但范先生

与范用、刘宾雁、朱洪合影于卢沟桥（1987）

欣赏刘的为人，依然与他来往，一同出游。香港报人罗孚（罗承勋）在非自由意志下羁居北京十年，范先生非但没有避他唯恐不及，反而交往无间，还让罗孚以"柳苏"的笔名在《读书》杂志上发表许多文章。罗老后来回忆起那段原该是形同软禁的北京岁月，竟然十分怀念，就是由于有范先生和那些可爱的老友。

范先生对朋友的毫无保留的热情，对后进不遗余力的提携，多半表现在为他们发表文章编书出书这些他最钟爱的文字工作里。台湾写书的好友要去北京，我也会介绍他们去找范用，让他们见识我认为是北京最特别的一道风景。果然范先生对于与我背景相似的朋友也有一份亲切感，他一见到丘彦明就喜欢，也马上推荐她的书《浮生悠悠》在三联出版。他对人对文的热情让他总是忙碌地兜揽许多事，包括正经重要的大事和一些琐碎的杂事，因而发生了那桩有名的"收藏代转信"的乌龙事件——1980年底范先生为我引见钱锺书、杨绛两位前辈，当天因为事忙临时让手下的董秀玉陪我去见。我回美后给钱、杨二位写了感谢信并附上合影照片，钱先生立即回了信，并托董秀玉寄给我。董大姐心想范先生常给我信，便把信顺手交给了他，而一向认真的范先生觉得钱锺书的亲笔信很宝贵，就先郑重地收了起来——这一收竟收了十一二年，直到准备搬家整理旧物时才在他浩瀚如海的书纸堆里发现，待我不久之后到北京时他才万分抱歉地把那封信交给我。钱、杨二位听我叙述这件趣事之后，都幽默地称范先生为名副其实的"收藏家"。其实范先生确是有珍藏朋友来信的习惯，连我给他的信他都贴在一个本子里。相信这样的剪贴本他一定拥有许多册。

范先生原先住在北京城东的胡同小院里，门前有双槐树，安静幽雅，我去过一次。后来拆迁搬到城南冷冰冰的水泥森林高楼里，我知道他有多舍不得离开那住了近半个世纪的旧家，简直像被连根拔起，与他的老友们会面更不容易了。后来的家我比较常去，但已是他的夫人过世之后了，气氛总觉冷清。会客室简直有点像画廊，四壁全是名人字画，而那些名人又全是他的老友好友，字画也就特别而别致，有专为他画的画和像，专为他写的字和诗……还有酒，也全是好酒美酒名酒，喜欢跟他对饮的我，也跟着他这些年品酒口味的变化送过他白酒烈酒和红葡萄酒，可惜后来他就渐渐不大能喝了。

当然，墙上还挂着他与老伴年轻时的合影，照片里的范用是个我没有机会及早认识的模样温文的青年，身旁的她秀发及肩，淡雅清纯。有一回，范先生指着照片轻轻地说："她叫丁仙宝。"我也轻轻点头说："我见过她的，真好看。"然后久久地沉默。我知道，身边这位丧失伴侣的老人是多么、多么的寂寞啊。

那栋屋里更多的当然是书，每个房间都有书，但还是有一间叫书房——那里的书橱架上一直摆着我的孩子们的照片。他很喜欢我的大儿子天天，1987 年夏天我们母子游中国，在北京参加《读书》杂志一百期的聚会，文艺界老中青济济一堂，那简直是一次历史性的盛会，可惜我那生长在美国的小孩没有观念，那天他见到的是许多传奇性的人物，而其中好些位我后来就再也没有见过了，或者再见已是多年以后，人事全非了。

那次聚会之后我和儿子要去西安玩，范先生早已安排了西安电影厂的吴天明导演在西安接应。我们离京那天范先生亲自到机场送行，特意郑重地穿西装打领带，非常漂亮。他在北京机场与天天的那张合影，是他书架上搁得最久的一张我的孩子的照片。两年后，天天离开了这个世间，而今范先生也走了，如果他两在另一个世界重逢，我的孩子应该会认得这位亲切的范爷爷的。

近年范先生的精神愈见不佳，我和李子云都很担忧，便出主意要他出门散心，比方到上海见些老朋友，他竟然听从了。2003年 3 月，听说电视台要拍他回故乡镇江的纪录片"我爱穆源"，我高兴极了，约好到时从美国去上海与他相会，然后陪他同去镇

与范用、罗孚等合
影于《读书》百期
活动（1987）

范用到机场送李黎
赴西安（1987）

与范用合影（2001 年 7 月 3 日）

范用速写（李黎绘）

江——我也好奇，想看看他的家乡和他朝思暮想的童年小学。范先生晚年格外怀念家乡，穆源的记忆和孩子们的笑貌大概是他晚年寂寞时最温馨的慰藉。我还跟他开玩笑说：他应该回家乡找那位当年要好过的小女孩叙旧。没想到就在那时爆发了"非典"，我只得取消中国之行。他如约到了上海，我却只能从美国打越洋电话向他致歉。失约失信于他，而且知道这样的机会错过以后就难再有了，心中的遗憾实在难以形容。世事无常难料，人的不由自主，我又一次深深感受却万般无奈。

过去两三年来几次见他，一次比一次地强烈感觉到，他已不复从前那样对生活充满兴致了。他话说得很少，肺气肿折磨得他呼吸都困难。想到2001年夏天我俩跑到冯亦代家，与黄宗英大姐一同把中风行动不便的冯老架上车出门吃小馆，冯老开心得像个小孩，我们也全都欢喜，而范先生那时还是健步如飞呢。可是没有多少年之后，范先生竟连出门的兴致也逐渐消失，到最后下床和进食的意愿都没有了。人的衰老竟会发生得那么快，那么令人措手不及——还是这些年我竟痴愚地以为，总是精神奕奕的范先生是不会老去的？

最后一次见面是去年12月，我去看他，刘心武也同去——心武当然也是三十年前范先生介绍的，我们坐在床边逗他说话，但他话也说不上几句。我发现他似乎已经没有多少生之意愿，更无体力与心情了。我们这些朋友、家人、食物、谈话……曾经都是他的最爱，而他却疲倦地垂首不多顾。当时我心中惨然但了然：范公对这世间已再无留恋，他的出离之心非常明白了。我预感到这可能是最后一面，因为我的到访和陪伴已不能像从前那样带给他任何喜悦。他的心已经去了另一个世界，老伴、老友都在那里等他。他已经为我们、为这个世间做得太多，我们该让他的身体安安静静地随心而去吧。

于是他走了。临走前还留下遗言要将遗体捐赠给医疗单位，

最好的时光
（1988）

真是他一贯的无私奉献的为人哲学，有始有终。他的走，代表了一个时代、一种典范的终结。他和他带着我结识的那一代人，上一个世纪的，"五四"时代的、30年代的、纯真的埋想年代的、苦难的历史年代的，那些爱书人、写书人、写字画画儿演戏翻译典藏……那些人物，都随着一个时代永远地过去了。

　　理性上我接受了与他的诀别，然而想到以后再去北京，那里已没有了半生的老友，感情上实在难以承受。他为我打开一扇神奇的大门，把我带到一个美好的筵席入座，让我结识座中英豪，歆享席上的珠玑盛馔，对我殷殷照拂，却在倦极时自行起身离去。此时我茫然四顾，发现早已灯火阑珊，杯盏冷落。我明知世间的筵席都是这般散去的，不该再有所流连。但是……我实在不舍啊！

2010年仲秋于美国加州斯坦福

双槐树

出版界前辈范用先生，今年夏天从北京城东的胡同小院搬到城南高楼，印了一张"迁帖"昭告海内外朋友。

要离开一处住了将近半个世纪的地方，那份依依之情是旁人可以——却又难以——完全理解的。范老"迁帖"里的语气冲淡恂雅："北牌坊胡同那个小院，将不复存在，免不了有点依恋……许是丢不下那两棵爷爷奶奶辈的老槐树，还有住在那一带的几位长者，稔知。"淡抑的语气里蕴藏着的深意，是对生命中流逝而永不可追忆的时光的一份执着，是每个人生命中都必得承受的一份沉重——恐怕连老槐树也要嫌重呢。

范老的北牌坊胡同小院，1987年夏天我去过一次，惭愧的是当时可能心情太高兴，加上天气热得人发昏，便未曾注意那两棵槐树。其实我是非常喜欢槐树的，北京的槐树，我认为是北京最可爱的事物。我没有住过北京，对北京的印象最早都得自文字，尤其是三四十年代作家笔下的"北平城"。记得张恨水在一篇题为《五月的北平》的散文里，应用了许多笔墨夸赞槐树之好、之美。我去北京多半在初秋，槐树们依然鲜碧，羽状的互生复叶，每一片都纤巧秀气，那色泽是水秀，而一排这样灵秀的树便是幽雅。难怪有名的"南柯一梦"就是在槐树底下做的。

美国的槐树都是从中国和日本"移民"过来的，学名叫Sophora Japonica——归根给日本，但俗名叫"中国学者树"，倒也有意思。旧金山湾区的水土气候也适宜种槐树，但总觉得这里的槐树粗壮有余，就是不如北京的秀雅。

近日喜获范老手书，谓：旧家虽然已经夷为平地，但两棵老槐树却保存下来，而且用铁栏杆围起来了，我读了心头一热，好像时代的无情巨轮轰轰碾过，竟然也有幸存的长物，且是寄托象征了一些最宝贵的记忆沉淀的东西，四五十年的沧桑悲欢，家国感思……如果树有记忆，它们记取了多少呢？如果树能说故事，那两棵槐树爷爷奶奶，会说些什么样的人间故事呢？树犹如此……

原载 1994 年 11 月 23 日香港《星岛晚报》

［李子云］

　　李子云（1930—2009），祖籍福建厦门，生于北京，中国当代著名文艺评论家，曾长期担任夏衍先生的秘书。1977年任《上海文学》副主编，培养扶持了大批作家，在推动文艺界解放思想、开拓新时期文学等方面做出了重要贡献。著有《净化人的心灵》《当代女作家散论》《昨日风景》《我经历的那些人和事》等。

在这本书写到的人物里，李子云是唯一可以形容为与我"情同姐妹"的人。跟她在一起，可以谈文学谈人生哲理，从亲朋好友生活起居谈到政治、宗教、文化历史，甚至时尚、美食、闺中琐事……而且总是亲密愉悦，从未有过争执。与她交往的三十年，我目睹她生活周遭巨大的变化，和她那不变的优雅、坚持与友情。她的离去，让我觉得是与一个时代、一个城市的一段历史告别。

昨日风景

——怀念李子云

著名文学评论家、原《上海文学》负责人李子云同志，因患肺炎医治无效，于2009年6月10日凌晨1时在华山医院不幸逝世，享年八十岁。……

读到这段讣闻之前，我已经在美国家中接到电话得知了。远在万里之外，信息传到时一切都已发生，无可追挽。讣闻的字句是冰冷而陌生的，如果不是那个熟悉无比的名字，我无从相信一个结交了半生情谊的挚友竟然就此而去。取出昔日的信函手札，过往三十年的记忆如潮水涌来，把对逝者的思念浸得湿透了……

1979年我去北京，出版界前辈范用先生告诉我：若去上海，一定要见一个人。我撕下记事本的一页纸，请他写下这人的名字：李子云。接过那页纸的那一刻，我并无预感其后三十年，我与这个名字会结一个长久而美好的缘。

第一次见到李子云，是 1980 年 12 月 15 日，巨鹿路上海作家协会，一栋富有古典美的西洋式楼房里。我登门拜访、赠书（我在北京刚出版的小说集《西江月》），在座接待我的除了当时上海作协的"领导"吴强，和我原先在北京就认识的诗人白桦，还有一位皮肤白皙、五官秀丽、气质高雅的中年女子，介绍之下正是李子云，《上海文学》的主编。她话不多，静静看着我听我说话，一开口竟是一口脆生生的悦耳京片子，还燃起一支香烟优雅地抽着。这份架势，加上她戴着一副那年头儿少见的金丝边眼镜，更使得她看起来气度不凡。

（后来我告诉她，第一次见到她印象虽好，但有点怕她。她难以置信地笑起来：我竟然会"怕"她？！其实她不知道：正是她的高雅、端庄和自信，对于尚未感受到她亲切风趣的初见面者，是可能会有点"震慑"作用的。她听我这么说以后，好几年不敢戴金丝边眼镜，换成了柔和些的玳瑁镜框。——这是后话了。）

两天后作协办了个座谈，我以台湾和海外华文文学为题做了个报告。接着作协宴请，我和李子云多了些接触，发现她其实很和蔼可亲，而且说话生动风趣，在上海难得听见的那口"京腔"实在动听，她的金丝边眼镜也不再令我害怕了。之后我就离沪飞北京，子云和白桦到机场送行，我竟感到有点依依不舍。好在十来天后我还要再回上海，约好到时再见。

回到上海的那天一早住进静安宾馆，子云就来找我了。我俩从早上 9 点多钟一直谈到晚上 7 点多，竟不觉疲倦！中午她带我去上海有名的"红房子"午餐。那还是百废待举的年代，想要不

与李子云、白桦合影（1980）

看宾馆的脸色，临时起意出外找家像样的馆子吃饭不是容易的事。
这家老字号的西餐厅不仅菜色差，规矩也乱了套，她对于咖啡竟
装在玻璃杯里也感到好笑，但我们吃得聊得一样愉快。我的笔记
里简单记下我们谈了十小时话的内容：对当前中国几位作家及其
作品的看法；比较台湾和大陆的"乡土文学"（那之前不久台湾正
掀起过一场政治性的"乡土文学论战"）；海外华文作家，等等。
我谈到中国与西方对"罪"的观念的差异，感慨中国"文革"结
束至今，所见皆是血泪史，却没有一部"忏悔录"，她听了深有感
触。我们竟然还谈到未来世界……如果不是笔记上明白写着，我
真不会记得第一次单独长谈就谈得这么多、这么深。但我们从那

天起就投缘如此，我是深深记得的。

离开上海返美的那天，她一早就来宾馆跟我吃早餐，一直谈到下午送我走。这次的谈心让我们更加了解彼此。我原先只知道她曾经是夏衍的秘书，文艺界的前辈几乎无一不熟。她那天告诉了我她是共产党员。我当时也没有什么特别的反应，而且随即忘记了她的隶属单位，更不清楚她的具体职称与级别，后来也一直没问。对于她文学以外的职务我真是一点都不好奇，最后根本忘掉了，直到她的新书《我经历的那些人和事》作者履历介绍她先后在华东局宣传部、上海市委宣传部文艺处工作，我才隐约想起她可能对我"坦白交代"过。

十七岁那年，还是国共内战期间，她就参加了爱国活动，是位不折不扣的"老革命家"。然而由于她的家庭背景（我早已猜到她一定是个大家闺秀出身），在革命队伍中曾被认为"不稳定"，但事实证明恰巧相反：她走上这条路等于是扬弃了她所来自的那个舒适熟悉的阶级，她早年作出的选择才是真正能够通过考验的选择。她所抛弃的东西对其他人可能造成诱惑，对她则根本不会。"文革"时她是头一个被张春桥"揪出来"的，"打倒李子云"的巨幅布条从作协大楼里那座回旋楼梯的三楼上一路挂到一楼底，其壮观可想而知。她随即被送进医院"隔离审查"，再送去下放劳改，十年下来人家都以为这位娇小姐一定受不了自杀了，结果并没有。她说自己从此"脱胎换骨"，头晕的毛病没有了，不过学会了抽烟。（后来——记不起从什么时候开始，我们相聚的时候，若没有外人在场，她抽烟时我也会向她讨根抽。这个小小的亲密习惯持续了很多年，直到她因健康原因戒烟为止。)

当然她的"脱胎换骨"绝不止于此。她给那个伤痕累累的年代树立了一个有尊严的文学评论家的风范，她要文学回归文学，不再是政治斗争的工具。《上海文学》在她的主编下成为一本无愧于"上海"和"文学"这两个名词的刊物。今天有许多即使在海外也享有名声的作者，当年都曾得到过这位深具慧眼的主编的发掘与提携。

我的书桌抽屉里有一个活页夹，全收着李子云的来信。我数了数，传真信不算，航空邮寄的就有近百封，但还只是1985年之后的，之前的可能收到别处去了。我推测从1985年开始收在这里的原因，是我们那时计划以通信对话的方式评介港台作家和作品，并将个别的台湾和大陆作家并列做比较。不过，我们几次往返的"文学书简"发表之后，虽然在国内风评不错，但评完张爱玲和施叔青就没有后续了。主要原因是我那时热衷于写小说，子云也不断鼓励我多写；而国内的文艺创作正当沸沸扬扬的盛世，她作为文评家也非常忙碌，我俩各自要写的文章使得我们腾不出时间合作了。

90年代后期开始我们常用传真，邮寄信件就比较少了。2002年我的母亲定居上海，我常回"娘家"，有时一年去几趟，与子云见面的机会一下就多起来，同时我也常用便宜的国际电话卡与她通电话，通信自然就更少了。即便如此，这个活页夹里的文字记录还是相当可观的。此刻面对着上百封航空信和几十张传真纸，看着她那熟悉的娟秀的手迹，无数回拆开信封时的那份愉悦又浮现心头。随手拾起一封取出来读，开头总是关心地问我的近况，问候我的母亲、丈夫、小孩，告诉我她在忙什么，提到某位作家的某篇文章问我的看法，跟我要某个台湾作家的一本书，替我领了一笔稿费，等等。取出另外一封，谈的是我的一篇近作，单刀直入一语中的，先指出特色和优点，接下来是还可以改进的地方，最后还说是好朋友才这样直话直说，并且不忘鼓励我再多写……

读着这些话语，就像子云还在对我说话。要我相信她已经永远从这个世界上消失了，怎么能够接受？

作为一位资深的文学刊物编辑和文学评论家，李子云是少见的最无私心的人。面对作品，她不受对作者个人的主观印象所左右，完全就文学论文学。许多年来她总是主动发掘新人，鼓励提携后进。对于值得刊登的好文章，她可以不畏争议引介刊登；对于作家朋友，做了文艺高官的她照样直言评断，被一时的政治"运动"波及者她也一样来往如常，而且绝不讳言对那些"运动"的反感。她对于自己更是要求严格，始终不断自我充实，在专业领域里绝不落后。即使后来健康状况越来越差，也不放松对文艺界的关注和广泛大量的阅读。

这样一个既认真又敏锐的人，性格中却有极其天真的一面。她的眼睛里常常闪烁着好奇，所以她不会老去，因为她不会像有些食古不化的人，在观察理解一件新事物之前先就抱持了主观排斥。当"与时俱进"这个词流行起来以后，我开玩笑说她才真是"与时俱进"，除了用计算机，从文学到时尚从来不落人

李子云与李黎母亲在李黎家中（1987）

在上海（2002）

后。我很少看到像她这个年龄的人，身边包围了那么多"小朋友"的。

我也曾笑称她是"最后的共产党贵族"——"共产党"与"贵族"这两个词本似相互矛盾、不兼容的，但在她身上竟然兼具，真是人间奇迹。终其一生，她都具有坚定而强烈的美与丑、善与恶的观念与原则。想当年她以一个家世良好的十七岁小姑娘投身革命，该是怀着何等远大的理想与何等深邃的认知，加上无比的热情与勇气！"文革"时严酷整肃的大祸临头之际，她形容给我听当时的第一个感觉就是嘴里的唾沫都没有了，我想这不就是汉乐府诗里的"来日大难，口燥唇干"吗？年轻时被国民党通缉也没有这样的反应，是来自"自己人"的残酷让她干渴了。但她并不因为个人在某一段时间遭受的横逆，而全盘否定自己的终生信仰。同时也不因此而迷信盲从，她对时弊的针砭，真诚深刻一如她的文学评论。

她的好家庭出身和教养，处处表现在言谈行止、举手投足之间。把她介绍给我的朋友认识，是我最乐意的事，至今还有朋友感谢我介绍认识了李子云。陪伴她到任何场合都是我的骄傲，在洋人心目中她是位真正的 lady、秀外慧中的淑女。我对邀请她出席任何活动都有百分之百的信心，无论演讲、做报告还是闲谈，她从容大方的风度、得体的谈吐，总是给足了主人面子。发言报告不论场合大小，她一定准备充分，丰富的内容加上流利的口才，使得即便原先对她来自的地方怀着敌意的人，也不得不为之折服。

从 90 年代开始，中国大陆文艺界与中国台湾、海外的同行

与李子云、罗孚在北京合影（1988）

交流密切起来，李子云是许多人想见或必见的。这些人之中当然不乏政见不同的人士。我直接间接听过、读过好几桩他们见到李子云的"标准反应"：第一步当然是对她的风采、谈吐、学养十分倾倒；然后听说她是资深共产党员，不禁大为吃惊难以置信；惊魂甫定后的结论则是："如果共产党像李子云这样，我不但不恐不反，甚至乐意拥护呢！"

子云非常自尊自重，到了我称之为"洁癖"的程度，不仅是身体的，更是精神的、人格的、道德的——感情上当然尤其是。她终身不婚，我相信是出自同样的原因：若不能有最美好的、最称心的对象，就宁可不要，绝不退而求其次委屈自己。她没有子女，但她对小辈的呵护、与年轻人的沟通无碍，很多子孙绕膝的人也比她不上。

她曾三度应邀访美：1987 年、1992 年、1998 年，每次都在我家小住，与我的母亲也结成忘年交。母亲定居上海后，她俩常通音信，子云总是娇滴滴地唤她"鲍妈妈"，爱当她面说："鲍妈妈最喜欢我！"此刻子云说这话的声音似乎犹在耳边，她那小女儿的撒娇神态，恐怕不是很多人见到过的吧。

1987 年秋天那次访美原该是极美好愉快的，那时我在圣地亚哥，任教加州大学的比较文学教授郑树森住得离我家很近，子云在时天天过来聊天；我还开车带她上洛杉矶迪士尼乐园玩，然后去南加大教授诗人张错家小坐并会见当地的朋友；后来我们全家还一路送她到旧金山。可是乐极生悲，她到芝加哥时皮包被抢，里面有几千美元的现钞——在当时可是个吓人的数目，是好几名留学生托她带回国给家人的！那个年代外汇管制，美钞现款都是托信得过的人带，她好心承担了这个重任，却变成一场可怖的梦魇。

在这种时刻就看出一个人的修养。她打电话告知我这个坏消息时，还不忘先问候我的家人，然后才缓缓详述这件晴天霹雳的事。我立即与负责邀请她来美的衣阿华大学的聂华苓大姐通电话，聂大姐提议在朋友间发动募捐，否则子云如何赔得起那样一笔巨款，而且是美金？但子云婉拒了。据说她一回上海，有的人家已经闻知她丢钱的事，早早守候在她家，等着先拿到"赔款"。那段日子她是咬着牙撑过去的，对她来说，自己倾家荡产的赔钱不是最大的灾难，但求这些人不要怀疑她的人格。她的自尊自爱是眼里揉不下哪怕是最小的一粒沙子。

在洛杉矶迪士尼乐园（1987）

与李子云、郑树森、王渝在斯坦福大学（1992）

她哪里来那么多美钞呢？于是，少数几个海外好友让她用人民币兑换（这个人情总算她愿意接受），解决一部分迫在眉睫的压力；同时让她投稿给中国港台和海外的报纸杂志，可以领美金稿费。那段日子她写得好辛苦，我们想起来都心疼。但是她终于还清了这笔莫名其妙的"外债"。

我俩第一次和最后一次见面都是在 12 月，上海。其间的将近三十年里，我俩见过无数次面，谈过无数次心；一同目睹见证了上海和整个中国的蜕变，先是缓缓地、难以觉察地，2000 年之后即以令人目眩的速度改变。这也是我们最爱谈论的题目，因为我是少数来自中国台湾和美国、70 年代开始就经常回国的华文作者，亲眼观察着这三十年来的巨变。记得早年飞机抵达晚间的虹桥机场上空时，底下一片漆黑，只有寥寥数点灯火，而前年有一晚我俩并肩站在外滩的高楼阳台上，眺望璀璨绚丽的浦东，我的心中感触万端，想到正是一甲子之前，正是身边像子云这样的人，为中国走上了一条漫漫长路，走出这样一片风景……

同时我也目睹了她的变与不变：随着年龄她的身体总是有这样那样的毛病，开始减少了出门和活动；但是她依然乐观、敬业、敏锐而且活得认真；当几乎所有的人对五光十色的新现象目眩神迷的时候，她依然从容冷静，因为这些无非是她从前熟悉而且看穿了的事物；同时她抱持着她一贯的好奇，分析、欣赏或者批判，而她的眼光也总是那样精准。她的住址始终未变，淮海中路已是万丈红尘，她依然住在路旁小巷的那幢小楼里。

她带我认识上海，介绍我结识许多可爱的朋友，上她喜欢的馆子，连我的两个儿子都知道：李子云阿姨请客，一定有好吃的。近年来她健康不佳，又迭逢亲人故去的伤心事，精神大不如前，但每次我一到上海，她只要身体过得去，必定抖擞精神出来见面，有好友同来就更高兴了。有时实在不济，我叫她别出来了，我可以去她家看她，她坚决不同意——她从不以蓬头垢面示人，一定要把头发洗吹漂亮了才肯见我。若是住院更不许我去医院看她。我理解尊重她对外貌形象的重视，这是她教养的一部分，显示自尊，同时对于对方的尊重，换作我也会如此的。往常我们一聚就动辄大半天，节目一个接一个，那样的日子是再也不可能了。但只要她出来见面，即使不能待太久，也依然容光焕发，谈笑风生。

与李子云、郑树森在上海（2008）

我们的谈话到了近年不免常会涉及病痛健康这些问题，一向风趣乐观的子云也会有显得沮丧无奈的时刻。我便鼓励她提笔继续写回忆录，因为她的一生经历和所见所思实在太精彩了，就只一本《我经历的那些人和事》太不够"过瘾"了。可是她有心无力，病体不容她投入这桩有意义但繁重而耗神的工作。她对病痛的折磨非常不耐，我只好劝她不要失去信心意志，"带病延年"吧。她说很不喜欢"带病延年"这样消极的生活态度，我能理解但还是希望她能"延"上许多年，只要不必承受太多痛苦。但她这么快地去了，快到没有给我道别的机会，如此决绝刚烈，还真的像她一贯的性格。

检视我俩的照片，从 1980 年 12 月在上海作协的第一张，到 2008 年在上海徐家汇午餐的最后一张，看得出两个女子随着时光逐年老去。然而那只是外貌，我们的内心依然与第一次相聚长谈十小时那时一样，年轻、热情、有理想，对文学一丝不苟的爱好与虔诚，关怀彼此，关怀身边的亲朋好友，关怀家国……

从 1979 年初见纸上的那个美丽的名字，到现在整整三十年过去，我一半的人生里都有她。上海没有了子云，就不再是同一个上海了。是她带我看了这些文学与世情的风景，如今没有了人，那风景，就永远不在了。

"昨日风景"是李子云 1991 年出版的文学评论集的书名，我很喜欢，借用来做这篇纪念文章的题目，相信她会很乐意的。

2009 年 6 月 23 日完稿于美国加州斯坦福

［殷海光］

殷海光（1919—1969），本名殷福生，湖北黄冈人，中国著名逻辑学家、哲学家、政论家，师从金岳霖先生。1949年后到台湾，在台湾大学哲学系任教，后因政治迫害被停聘。终生秉持科学、民主、自由的精神，是富有批判精神的自由主义者。与胡适、雷震创办《自由中国》杂志，对台湾知识文化界影响至深，为台湾第一代自由主义代表之一。他坚持以科学方法、个人主义、民主启蒙精神为准绳批判时政，最终引起当权者的不满，不断受到监视与钳制。

殷海光深受罗素、波普和哈耶克的影响，一生著述甚多，其中最具影响的是翻译哈耶克的《到奴役之路》(《通往奴役之路》) 以及德贝吾的《西方之未来》。著有《中国文化的展望》上下两册、《政治与社会》上下两册、《殷海光全集》十八册等。但是在雷震入狱与《自由中国》被查禁后，殷海光的大部分作品也成为"禁书"。

与殷海光先生结识的时候，他早已不能授课、公开演讲，或者发表文字了。在一些台大学生的心目中，他已经成了一则传奇。我很早就有一本他的《思想与方法》，出国后旧居拆迁，我的藏书多已散佚，但是不久前在网上看到有人收藏了这本书，上面还有我的题字。我与殷先生相处的时间很短，不久他就卧病不起了。当时我认为是极大的憾事，然而后来回想，自己还是有幸在对的时候遇见了对的人 —— 1968 年，那个特别的年代，我是一个二十岁的台大学生，隐约知道世界上正在发生着许多事情，渴望打开周遭森严的封闭，期待着一个诚实的声音告诉我真相……不早也不晚，就在那年我遇见了殷海光。虽然非常短暂，但他给予一个年轻人的影响，一直到了许多年之后，依然呈现深远的意义。

长巷深深

　　回到台北那天，节气正值"大暑"，一个远方小小的台风却为台北带来些许微风细雨。得知殷海光先生的故居已整顿成纪念馆开放，使我对台北的人文深度又多了一份赞叹。于是我在微雨中撑伞走向久违的温州街。

　　温州街的巷弄总是那样宁谧，低低的日式房子，岁月悠长而安详——那是四十年前的记忆中的温州街。那样的记忆给了我一份错觉，竟以为这条街、这些巷弄，会是地久天长的、无论我离开多久走得多远，别处会变但这里不会变。而今温州街还在那里，夏天日午巷子里的行人稀少，但停满的车辆使得那份悠然不见了。近旁许多楼房取代了优雅的平房，劫余的陈旧的平房似乎退缩进了爬满藤蔓的墙里，暗淡而不起眼，仿佛先一步走进了历史。

　　走在 18 巷时更是没有什么人踪，也没有走动的车辆，给了我一些从容的心情转进 16 弄——曾经是感觉上很长的巷弄，弄底就是殷先生的家。大门竟然是半开的，有人在家吗？我的心忽

殷海光故居大门

长巷深深　　　　　　　　　　殷海光故居门牌

然跳快了几下。当年是怀着怎样的心情踏进那扇大门的？那像是前世的记忆了。

而今我来，四十多年之后的一个夏日，哲人早已离去——去得太早太早，才五十岁，虽已满头华发但还是年轻啊，还可以有很长的人生，然而他抱着憾恨过早地离开那个没有善待他的世间。

走进那间已不复辨认的厅室，我是今天唯一的访客。弯身在名册上写下自己的名字，恭谨整齐，因为殷先生写字也是工整得一丝不苟，像个用心的学生。

我不但没赶上修他的课，也未曾听过他正式的演讲，连私淑弟子都算不上。但我有幸来过这里，那么近地聆听他（我至今还会模仿他的口音说他老师金岳霖的名字），喝过他冲泡的咖啡，吃过师母烘焙的饼干。听说他喜欢芒果，领了家教薪水就买了芒果送来，换他的咖啡饼干和笑容——严肃的殷先生放松下来其实很天真的。我更是何其有幸见过他天真温煦的一面。

殷先生刚开始卧病在医院时我去探望过一次，那时他的精神还不错。记得我带了一束玫瑰花，我把花插在病床旁的案几上一个花瓶里，他颔首称赞，说了句话，大意是：一束看似平常的花经过整理就变得美了。他很注重美的，即使在病中。

殷先生的葬礼，我反复思量，结果还是没有去。所以记忆中的他是生命中最后健康时的模样，傲然而挺拔，个子不高但"气"那么足，顶天立地似的。

踏出大门口，记得殷先生曾经站在门口指着巷子说："那时候，监视我的便衣就站在那里。"对一介瘦弱的书生如临大敌，可见有人相信思想和文字果真比枪炮有力量。我见到他时这些已经

殷海光故居厅室

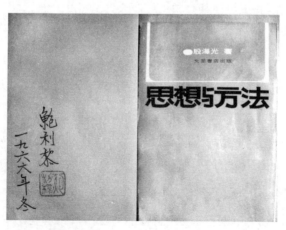

殷海光《思想与方法》

过去了，然而大门外仍是一个晦暗的世界。而大门里的那个家、那个人，曾经对于我是一种许诺——在那个令我窒闷沮丧的封闭世界里，竟然可以有这样一个睿智而不屈的灵魂，像是为我指点一扇可能打开的窗户的方位。他指点的手很快就垂下了，但我终于朝着那个方位摸索前去……

在我从少年踏进青年的人生岁月中我与他不期而遇，当时的我混沌未开，有待时间慢慢为我揭开覆盖在他面容上的历史的面纱，我得以在日后的岁月渐渐理解这番相遇对我的意义。后来我写小说《谭教授的一天》，那位谭教授记忆中的恩师"康先生"的风骨，我是隐隐以殷先生作为模型人物的。

四十年后重访，面对照片中人我多么希望能够告诉他：即使是那样短暂的教诲，对一个青涩的心灵发生过怎样的影响……我心伤悲但充满感激，我来何迟而先生离去何早——如此短暂、如此长久、如此深远。

［陈映真］

　　陈映真，1937 年生，本名陈永善，另有笔名许南村，台北莺歌镇人，台湾著名作家。1968 年 7 月，国民党政府以"组织聚读马列共党主义、鲁迅等左翼书册及为共产党宣传"等罪名，逮捕包括陈映真、李作成、吴耀忠、丘延亮、陈述孔、林华洲等"民主台湾联盟"成员共三十六人；陈映真被判处十年有期徒刑，并移送台东县泰源监狱及绿岛。1975 年出狱后仍然从事写作，转趋现实主义，继续参与《文季》《夏潮》等杂志的编务，1985 年 11 月创办以关怀被遗忘的弱势者为主题的报告文学刊物《人间》杂志（至 1989 年停刊）。陈映真始终坚持中国统一的主张，1988 年与胡秋原等人成立"中国统一联盟"，并担任首届主席。陈映真发表过数十篇长、短篇小说，于 2001 年由台北洪范书店集结为六册《陈映真小说集》，代表作有《夜行货车》《上班族的一日》《山路》《知识人的偏见》等。

陈映真小说创作的第一个高峰期，正是我少年文学启蒙的年代；而他为理念系狱的年头，又恰逢我求索乌托邦的青年人生。他的文学，他的风格独特的文字语言，文字底下深邃丰饶的人道主义理念，以及他百折无悔的国族理想的实践……这一切，这些文字和人格兼具的结合，带我走过我的文学少年时代到青年直至中年，其间陈映真一直是我心目中的 mentor，导师。目前他还在北京养病，不见故友，我只能遥遥祝愿他平安康复。

映真永善

这篇文字的大部分写于2006年10月16日，那是得知陈映真在北京"病危"消息之后写下的，但没有完成。提笔当时的心情是为自己留下一段记录，一段自己极其珍视的人生记忆。其后听说他度过险境，至今在疗护下静养已近三年。近日闻知台北将要举办"陈映真创作五十周年"的文学活动，极感欣慰。思念故人，我取出这篇未曾发表的文字，补缀几处小节，谨以此文遥寄远方的映真——永善。

我在网络电子报上读到你病危的消息，每读一句、一段，从颈子到背脊，汗毛一排排、一道道、一阵阵地耸立。这是真的吗？这次恐怕是真的了。

整整一个月前我们在北京重逢。你被旧病与新伤折磨，拄着拐杖，比两年前在台北见到时衰弱了许多许多。短暂的餐聚，充满欣喜与悲伤，一室的人都要跟你说话，你已显得疲倦了，我来不及说什么，餐后轻轻拥别了你——你显得那样脆弱，生怕重一点就会痛到你伤到你。朝着载你离去的车挥手，再挥手，然后我别过头去，不要周遭的人看见我控制不住的眼泪。

我深知你也是一个凡人，跟每个凡人一样离开的这天终会来到，当然会来到，但我还没有准备好——我永远不会准备好。我不能想象一个没有 mentor 的世界。

你可能不知道：有过很长的一段时间，那也是我写作最热切最投入的岁月，当我在写的时候，会问自己一个必须诚实回答的问题：陈映真会怎样看这篇文章？

对于我，这是最严格的把关：这个问题决定这篇文章是否值得去写出来；若写出来了，思想和艺术层面是否都过得了关——过得了我心目中那位 mentor 的关。

你并不知道。那严格的标准是我设立的，以你之名，以你的文章、以你的人品。你从来不曾知道，也不需要知道。你的准则，那样高贵的文学和思想的准则，原不是为我或为某些人设的。那是为你自己。

唯有因为如此，我以此要求自己，虽然距离你给自己设下的要求已经低了很多、很多。

认识你是因为我的干姐姐，你的淡江同学。1966 年吧，刚进大学不久的我，跟在她后面，羞怯而兴奋地亲眼看见了我心目中的台湾现代文学的赫赫大名的人。其实早自中学时代，你的文学已经为我启蒙，我熟识你的文字，熟识到有些段落甚至可以背诵的地步。我着迷于你的文字魅力，瑰丽而深邃，温暖却又冷嘲，温柔却又残酷。写出这样的小说会是怎样的一个人？跟在干姐的后面，我见到了这些闪亮在我的启蒙年代的名字：陈映真、尉天骢、黄春明……我难以相信这是真的。我甚至跟着你们一道去了罗东黄春明的家玩。在火车上，我默默听大家谈笑，不敢也没有插嘴的余地。我记得黄春明的妻子 Yumi 纤长美丽、温柔似水；我记得尉天骢清秀的女友，喜欢在手心写字；可是其他的细节，尤其在罗东的那两天做了些什么——除了走在黄春明小说中描述过的滨海小公路上，其他竟无多少印象了。我真无法相信记忆可以这样如冰块消融。

却是清楚地记得唯有你总是严肃的，在火车厢里远远看着你，偶然飘来你低沉的 bass 般好听的声音。我不敢上前，更不敢开口说话。你从未主动跟我说过话。你太遥远、太高了，那一篇一篇打开我少年的眼睛和世界的小说，竟是这个人写的啊，我告诉自己。见到你只觉得更远更高，来自一个我不可企及的世界。我又欣喜又有些悲伤——你的眼睛根本看不见我。

你们在看书，看许多我只闻其名的书，禁书。在干姐房里见到鲁迅的书，几乎是神秘到神圣的，她用不无炫耀的语气说：陈永善借给我看的。还有陈永善写给她的信（所以其实我早就见过你那笔从容而收敛的字体）。永善这样，永善那样。你的名字是可以这样随随便便道来的吗？即使是另一个名字、你的本名？你是个真实的人吗？对于我，你还是一样遥远，你们都很远，而我像一个小孩子，在门后暗影里偷偷窥视大厅灯火中谈笑晏晏的大人，好想加入，但知道那是没有可能的。去到西门町，多少次经过明星咖啡屋，知道你们这些人就在楼上，却鼓不起勇气上去与你们打招呼。我只有再一遍又一遍地阅读你。唯有从文字中我可以熟识你、接近你、聆听你，甚至与你对话。在现实生活里我不能也不敢。

偶然我还是可以见到你的。有一个晚上，干姐带我去看你，你领我们去淡水辉瑞药厂你的办公室取一样什么东西。那晚还有你的另一个陈姓朋友，后来跟你一起坐牢的。完全不记得你们说了些什么，或许真的没说什么。你的神色里有层层阴霾，我记得自己当时的直觉：这个人，这个我多么崇拜的遥不可及的小说家啊，这个人就在我面前，可是他似乎并不在这里，他总是若有所思，他的眼睛在注视观照着别的什么，像对着神秘而遥远的什么，他也有一个遥不可及的世界吗？那里是一个什么样的世界？不论是什么样的，我将永远无法得知，永远、永远无法走近，甚至瞥见。我绝望地想。但我们到底还是在同一个房间里，那么近又那么远。我感到欣喜与微微的悲伤。

你远行前最后一次见到你是在台北火车站。我远远看见你独自站在那里像是在等候人，我的心默默地喊：是他，是他，真的是他！我犹疑着要不要上前打招呼，可是说什么呢？你若是不记得我怎么办，可是可是，这么难得啊，我可以单独与你说上几句话……我跟自己挣扎着、为难着，结果还是没有向你走去，不全是由于我的羞怯，而是你那时的神色。隔那么远也看出那沉郁和暗淡，像暴风雨来临的前夕。

果然。不久之后你和那些一起读书的人，包括我的干姐姐，都出事了。许多年后有一次我对你提起在火车站的那天，那段时日。你说是的，你记得那段日子，知道有些事情即将发生，你几乎在期待早些发生，因为等待那可怕时刻到来之前的时间是极其难过的。那是 1968 年。那一年里我经历了另一种成长：我这才发觉我对你知道得何其之少，你的文字里竟然还隐含那样巨大的危险与神秘。我再一次又一次细读你的小说，仿佛追寻你留给我和这个世间的密码。我想我读懂了。我无法忍受再留在这样一个密闭的地方，一个会监禁迫害你的地方。

去土城生教所探望过在那里服刑的干姐姐几次之后，我就出国了。这一离开，就是整整十五年。

如果不是你，1970 年到了海外，我是否还会那样没有犹豫、没有迟疑、义无反顾地参加"钓运""统运"？很难说。

你在牢狱中的岁月，我在海外轰轰烈烈的"保钓"年代里，如获至宝地读你的未及发表的旧作，还有偷偷流传出来的据说是新作。捧读着每一篇我都欣喜而悲伤地想：还好，他还在。虽然他还在苦难之中，但他还在世间，还在我们之中。

天哪，你还在！1975 年，谢谢天，你终于平安出来了，而且立刻又提笔了。我读到你写你的父亲去监狱探视你时说的一段话，我让自己永远记住那段话。也是从那段时日，我给了开始写作的自己那样秘密的严格的要求——

孩子，此后你要好好记得：

首先，你是上帝的孩子；

其次，你是中国的孩子；

然后，啊，你是我的孩子。

我把这些话送给你，摆在羁旅的行囊中，据以为人，据以处事……

你在其后加了这一段："即使将'上帝'诠释成'真理'和'爱'，这三个标准都不是容易的。然而，唯其不容易，这些话才成为我一生的勉励。"

你的诠释将你我的"上帝"合一了——对我来说，我的"上帝"也正是对真理的尊重，从爱出发的、人本的、终极的关怀。这是做人的次序——做一个堂堂正正的、真正的"人"的次序。有了那个"首先"，就不会昧于人事末节的纷争。我也以这些话作为自己一生的勉励和为人处世的准则。

从 1970 年夏天离台赴美，直到 1985 年秋，台湾的政治气氛不再肃杀，我才能够在离开十五年之后回到台湾。1985 年，回想起来那是多么好的年代。白色已不再恐怖，人们试探着松弛的尺度。我终于见到你了，这次是真的见到了。那个曾经躲在门后窥视的小孩终于长大了，不再害羞胆怯，大大方方地走进来，走到你们的面前。然而昔日大厅里的一切都已改变，有些人已经不在，或已不复当年模样。你们没有等我长大就各自散了。所以我还是错过了，一个我没来得及赶上的时代，永远错过了。

我错过了《文季》年代的陈映真，不过还好，我没有错过《人间》杂志的陈映真。十五年后回到台湾，正逢 1985 年 11 月

《人间》杂志创刊。台湾从未有过那样的刊物：强悍美丽而写实的黑白照片，对贫困、下层和弱势者人道关怀的故事；社会良知人权正义等不再是空洞的文辞，每一幅胜过千言万语的图像震撼着我们的眼睛。发刊词是："因为我们相信，我们希望，我们爱……"这正是陈映真的话语，信、望、爱，上帝的孩子，却是全身全心地投注在人间、凡人的世间。那是台湾最可爱的年代。虽然世界离美好还很远，但充满了可能，关怀的可能、前行的可能、改变的可能、人性高贵的可能、不再有政治恐怖的可能……《人间》杂志承载了那么多的可能。啊，还有，陈映真还会写出更多更好的小说的可能。

我真的以为这些"可能"大多实现了。多么美好的年代啊，我一生中第二次的纯真年代。

我因你而给了自己期许和检验，用你的标准，虽然你一无所知，我的感激是终生的。而我是多么孩子气啊，竟自以为几乎达到了你的标准。1986年我在台湾出版我的第一本小说集，你竟然答应我的要求为我写序！你竟然阅读我——在我阅读你二十多年后，你，竟然，阅读，我！更不会忘记1989年春天，在领一项文学奖的前夕，我向你预习领奖时的答词，你赞许的神色和言辞，是我心头对自我要求的天平上那块最后的、真正的砝码。你终于为我肯定了我自己。我一直、一直在等待你的那一块砝码啊。别的砝码都还不够，必须等待你的那一块放上，才算完成。长久以来我在等待你将我完成。

你哪里会知道这些，但有什么关系呢？何况在后进面前总是那样谦卑的你，我的感激的话语甚至可能会令你发窘的。而我还是那般天真，以为文学的路就是这样容易就走上了。

我重新认识你，在那个难忘的 80 年代，不再只是通过文字，我认识了你这个人——在你那精练华美得灼人的文字后面，竟然隐藏着令人难以置信的天真质朴。1987 年你来到我当时居住的加州圣地亚哥，我陪你出门，在街上你见到穿着天主教神父装扮的人捧着募捐箱，问也不问一声就投进一张大钞，动作快得令我来不及阻止。你说看见神父就想起韩国学生运动，神父们挺身站在正义的一边深深感动了你。我说神父化缘应当在教堂里，这些并无特别诉求而站在街头捧着纸箱要钱的人多半是骗子。你天真地驳问：他们若不是神父怎会穿着神父的衣袍？我硬着心肠告诉你：在任何一家化装派对店里都买得到假扮各类角色的装束，包括神父的衣领和黑袍。说完我就后悔了——你当时脸上诧异又无辜的表情令我不忍。我隐隐感到其实你是很容易受伤害的，因为你的心如此柔软，而且从不设防。

随着 80 年代的结束，我的美好年代也结束在那时候：1989 年。而《人间》杂志也结束在那一年。

其后的写作，我很少再想着你的赞许了。事实上我已不在意来自任何人的赞许与否。我的生命中发生了大创伤，我与命运有无数艰难的死结要解。我的疗伤过程有不同的层次，我需要时间。而那年在世界上发生的许多事情需要我们去思索，我们的那些关怀议题也显现不同的意义与距离。在心底我不再时时叩问你是否给我及格的分数，那些已经不再重要。也许，是到了我该从

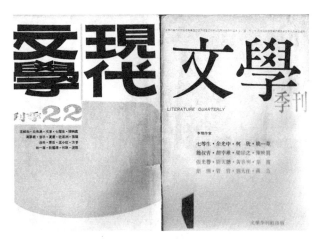

《现代文学》、《文学季刊》

1988年12月在木栅尉天骢家中（前排左起：尉天骢、陈映真、郑树森、尉夫人孙桂芝；后排左起：李黎、薛明、薛人望、陈丽娜、张错）

《印刻》杂志陈映真封面

与陈映真、陈丽娜合影（2004年秋）

你的课室毕业的时候了。

但我在精神上从来不曾远离你。你依然是我的 mentor，每次见到你我仍然那样欣喜，仍然带着些微的感伤。每出一本书我依然不无紧张地呈上给你，是的，每当面对你我还是像个上交作业的学生，那个刹那，我又是二三十年前那个羞怯的小孩，期待导师的微笑夸赞："又出书了？好用功啊。"但我知道你多半不会细读的。你的关怀已远远超越文学之外，而我的书写主题也已与你的关怀重点不再全然弥合。但那只是中间层次距离的微小差异。至于那最根本和最崇高的，从来都不需要去怀疑甚至重新确认——我从未怀疑过，因为它们从未改变过。

可是我还是多么期待你将你的关怀回头倾注在昔日那样的文学形式里，我深深怀念那些文字。我也知道你很难回头，昔日的文字形式无法承载你必须应答的急迫与焦虑。我要怎样才能说服你回去写出那些当年震撼我感动我的文字呢？学生怎么能够告诉导师他应该写什么呢？我只能眼看你忙碌回应讥谤的冷箭，忍受中伤的苦痛，而健康江河日下……

日前当我再一次回来这块我曾被你启蒙的土地，你却已经不在——这里甚至连你的栖身之处也没有了。回到这不再有你的城市里，我四顾茫然：到底发生了什么事？我可以理解你曾经被一个忌恨你的庞大组织囚禁甚至杀戮，但我无法想象你竟会被一个你深爱的群体放逐。一个连你也容不下的地方，会是个什么样的地方？

近年你日渐衰弱苍老。我习惯了文字不会衰弱苍老，以致常会忘却肉体会老去，虽然你的声音还是那样低沉优美，话语还是那样亲切温和——甚至更亲切更温和了，是由于你的衰弱乏力了吗？如果是，那简直令人心碎。对于一个我始终仰望的人，我勉强能接受的是一头冬之狮。但是最后几次见到，我不能接受你已步入生命的冬日，而我甚至已见不到那头狮子……

但是我在说什么啊，你从来就不是狮子！你是一个温柔而谦卑的人，因为你记住自己是你的上帝的孩子，你的中国的孩子，你的父亲的孩子；不仅于此，你还是一个深爱你的女人的丈夫，一个写作的人——写作的人，是的，一切从文字开始：你给予我的启蒙、我的感动、我的认知。你让我懂得什么是心灵的高贵，对我证明文字的优美魅丽与思维义理可以并存——毫无冲突的和谐融会的并存。是你给了我青春岁月里无悔的理想与追寻，我心甘情愿加诸自身的要求和期许，你示范给我看到最诚实最优美又最雄辩的文字，虽然你并不知道但是你始终在教我写作——是的，我的写作，我的从不妥协、从不需自欺更不会欺人的写作。

对照你是谁的孩子，当我自问我自己是谁的孩子，我毫无犹疑地如同你的肯定的答案：你的上帝和我的上帝原是同一个，原是那个让你无悔奉献的终极真理，所以你一直不曾远离我，因为我不会让你远离，因为我从未改变过我是谁、我是谁的孩子的答案。

你是我终生的 mentor。从来都是，从来没有改变过，因为你从不曾从你的信仰、希望和关爱改变。

2009 年 8 月 26 日，美国加州斯坦福